U0088395

初めて日本へ

第一次日本自由行

國家圖書館出版品預行編目資料

第一次日本自由行 / 潘彥芸著--
二版. -- 新北市 : 雅典文化,
民111.03 面 ; 公分. -- (全民學日語 ; 67)
ISBN 978-626-95467-3-2(平裝)
1.CST: 日語 2.CST: 旅遊 3.CST: 會話
803.188 110022784

全民學日語系列 67

第一次日本自由行

作者/潘彥芸
責任編輯/許惠萍
內文排版/鄭孝儀
封面設計/林鈺恆

法律顧問:方圓法律事務所/涂成樞律師

總經銷:永續圖書有限公司
永續圖書線上購物網
www.foreverbooks.com.tw

出版日/2022年03月

出版社
22103 新北市汐止區大同路三段194號9樓之1
TEL (02)8647-3663
FAX (02)8647-3660

簡單招呼篇

▸你好

● おはようございます。

o.ha.yo.u./go.za.i.ma.su

早安。

早晨起床後使用。

● こんにちは。

ko.n.ni.chi.wa

你好（午安）。

上午使用。

● こんばんは。

ko.n.ba.n.wa

你好。

天色暗下後使用。

● おやすみ（なさい）。

o.ya.su.mi.（na.sa.i）

晚安。

MP3 006

會話試一試

A おはようございます。／こんにちは。／おやすみ（なさい）。
o.ha.yo.u./go.za.i.ma.su ko.n.ni.chi.wa o.ya.su.mi. (na.sa.i)
早安。 午安。 晚安。

B おはようございます。／こんにちは。／おやすみ（なさい）。
o.ha.yo.u./go.za.i.ma.su ko.n.ni.chi.wa o.ya.su.mi. (na.sa.i)
早安。 午安。 晚安。

會話試一試

A こんにちは。 お元気（げんき）ですか？
ko.n.ni.chi.wa o.ge.n.ki.de.su.ka
午安。 你好嗎？

B はい。 おかげさまで。
ha.i o.ka.ge.sa.ma.de
我很好！ 託您的福。

▸道別

●さようなら。

sa.yo.u.na.ra

再見。

不知道下次甚麼時候會再見時使用。
長時間不會再遇見時使用。

●では、また(ね)。

de.wa　ma.ta.ne

下次見、改天見。

短時間會再見面時使用。

●気(き)を付(つ)けてね。

ki.o./tsu.ke.te

路上小心。

●また、会(あ)いましょう(ね)。

ma.ta.　a.i.ma.sho.u.　(ne)

下次再見(哦)。

道別時，承諾有機會再見。

MP3 007

會話試一試

A 今日帰国しますか？
kyo.u./ki.ko.ku.shi.ma.su.ka
今天就要回國了嗎？

B はい。そうです。
ha.i so.u.de.su
對！ 是的。

A また、会いましょう（ね）！
ma.ta a.i.ma.sho.u. (ne)
下次再見哦！

會話試一試

A 今日、どこへ遊びにいくんですか？
kyo.u do.ko.e./a.so.bi.ni.i.ku.n.de.su.ka
今天要去哪裡玩？

B 大阪城とその近くに行くつもりです。
o.o.sa.ka.jo.u.to./so.no.chi.ka.ku.ni./i.ku.tsu.mo.ri.de.su
我打算去大阪城那附近走走。

A いいですね。気を付けてね。
i.i.de.su.ne ki.o./tsu.ke.te.ne.
真不錯啊！路上小心喔！

B はい。では、またね。
ha.i de.wa ma.ta.ne
好的。那麼，晚點見。

▸謝謝；不客氣

- ありがとう（ございます）。

  a.ri.ga.to.u. (go.za.i.ma.su)

  謝謝。

- お世話(せわ)になりました。

  o.se.wa.ni.na.ri.ma.shi.ta

  謝謝您的照顧。

- どういたしまして。

  do.u.i.ta.shi.ma.shi.te

  不客氣。

- いいえ。

  i.i.e

  不會。

- こちらこそ。

  ko.chi.ra.ko.so

  我才是。

008

接受道謝後，若覺得自己也應該道謝時，可以使用。

會話試一試

A いろいろお世話(せわ)になりました。
i.ro.i.ro./o.se.wa.ni.na.ri.ma.shi.ta
受到您諸多照顧。

B いいえ、こちらこそ。
i.i.e　ko.chi.ra.ko.so
不會，我才是。
ぜひ、また日本(にほん)に遊(あそ)びに来(き)てください！
ze.hi　ma.ta./ni.ho.n.ni./a.so.bi.ni.ki.te.ku.da.sa.i
請一定要再來日本玩哦！

會話試一試

A あの、落(おと)し物(もの)ですよ。
a.no　o.to.shi.mo.no.de.su.yo
那個……你有東西掉了哦！

B あ！ありがとうございます。
a　a.ri.ga.to.u.go.za.i.ma.su
啊！謝謝！

A いいえ、どういたしまして。
i.i.e　do.u.i.ta.shi.ma.shi.te
不會，　不客氣。

▸對不起；沒關係

●すみません。

su.mi.ma.se.n

不好意思。

除了道歉，還有「借過」、「不好意思，請問……」的意思。

●ごめんなさい。

go.me.n.na.sa.i

對不起。

和中文意相同。

●いいえ、大丈夫(だいじょうぶ)です。

i.i.e　da.i.jo.u.bu.de.su

沒關係

也可以簡單的說「いいえ」。

●気(き)にしないで。

ki.ni./shi.na.i.de

請別在意。

A あの、　すみません…
a.no　su.mi.ma.se.n
那個，不好意思……。

B はい。
ha.i
請說。

A 東京駅（とうきょうえき）はどこですか？
to.u.kyo.u.e.ki.wa./do.ko.de.su.ka
東京車站在哪裡？

不小心撞到人

A あ！ごめんなさい！
a　go.me.n.na.sa.i
啊！對不起！

B いいえ、大丈夫（だいじょうぶ）です。
i.i.e　da.i.jo.u.bu.de.su
沒關係。

▸學會這些會方便很多

●はい。

ha.i

是。/對。

●いいえ。

i.i.e

不是。/不對。

●すみません。

su.mi.ma.se.n

不好意思。

●わかりました。

wa.ka.ri.ma.shi.ta

知道了。

●わかりません。

wa.ka.ri.ma.se.n

不知道。

- 私は日本語がわかりません。
wa.ta.shi.wa./ni.ho.n.go.ga./wa.ka.ri.ma.se.n
我不會日文。

- あなたは英語が話せますか？
a.na.ta.wa./e.i.go.ga./ha.na.se.ma.su.ka
你會說英文嗎？

- 中国語を話せる人はいますか？
chu.u.go.ku.go.o./ha.na.se.ru.hi.to.wa./i.ma.su.ka
有會說中文的人嗎？

- ゆっくり言ってください。
yu.kku.ri./i.tte.ku.da.sa.i
請說慢一點。

● もう一度(いちど)言(い)ってください。

mo.u.i.chi.do./i.tte.ku.da.sa.i

請再說一次。

● いくらですか？

i.ku.ra.de.su.ka

多少錢?

● これをください。

ko.wa.o./ku.da.sa.i

請給我這個。(手指著某個東西)

● （地點）はどこですか？

wa./do.ko.de.su.ka

請問(地點)在哪裡?

旅程開始

▸飛機上

說明

在台灣、日本之間往返的航線上通常都會有講中文的空服員，基本上不用擔心會不會日文的問題。如果攔截不到講中文的空服員，一些簡單的句子也可以試著用日文說說看哦！

- この席（せき）はどこにありますか？

ko.no.se.ki.wa./do.ko.ni.a.ri.ma.su.ka

請問這個位置在哪裡？(指著機票上的位置號碼)

- すみません、この席（せき）は私（わたし）の席（せき）だと思（おも）いますが。

su.mi.ma.se.n　ko.no.se.ki.wa./wa.ta.shi.no.se.ki.da.to./o.mo.i.ma.su.ga

不好意思，這應該是我的位置。

● 席(せき)を変(か)わってもいいですか？

se.ki.o./ka.wa.tte.mo.i.i.de.su.ka

請問可以換位置嗎？

● 席(せき)を変(か)わってもらえませんか？

se.ki.o./ka.wa.tte./mo.ra.e.ma.se.n.ka

請問可以跟我換位置嗎？

● シートを倒(たお)してもいいですか？

shi.i.to.o./ta.o.shi.te.mo.i.i.de.su.ka

請問可以讓我放倒椅背嗎？(對座位後面的人說)

● もうちょっとシートを戻して頂けませんか？

mo.u.cho.tto./shi.i.to.o./mo.do.shi.te.i.ta.da.ke.ma.se.n.ka

可以稍微把椅背立起來嗎？(對座位前面的人說)

● (毛布)をください。

mo.u.fu.o./ku.da.sa.i

請給我 (毛毯) 。

● (枕)をもうひとつもらえますか？

ma.ku.ra.o./mo.u.i.chi.ma.i./mo.ra.e.ma.su.ka

請問可以再給我一個 (枕頭) 嗎？

● (耳せん)がありますか？

mi.mi.se.n.ga./a.ri.ma.su.ka

請問有耳塞嗎？

▸機上用品

- 毛布（もうふ）
  mo.u.fu
  毛毯

- 枕（まくら）
  ma.ku.ra
  枕頭

- おしぼり
  o.shi.bo.ri
  濕紙巾；手巾

- エチケット袋（ぶくろ）
  e.chi.ke.tto.bu.ku.ro
  嘔吐袋

▶機上飲食

● お水（みず）
o.mi.zu
水

● お湯（ゆ）
o.yu
熱開水

● コーヒー
ko.o.hi.i
咖啡

● 砂糖（さとう）
sa.to.u
糖

● ミルク
mi.ru.ku
奶精

● コーラ

ko.o.ra

可樂

● オレンジジュース

o.re.n.ji./ju.u.su

柳橙汁

● りんごジュース/
アップルジュース

ri.n.go./jyu.u.su
a.ppu.ru./ju.u.su

蘋果汁

● 紅茶（こうちゃ）

ko.u.cha

紅茶

● 緑茶（りょくちゃ）

ryo.ku.cha

綠茶

● ウーロン茶（ちゃ）

u.u.ro.n.cha

烏龍茶

▸ 入境審查之前

說明

一下飛機會先經過檢疫和入境審查。
通過檢疫區時，如果沒有生病或發燒等等，就跟著人群直接走到入境審查的隊伍中。
入境審查前，記得事前準備好「パスポート（護照）」，並寫好飛機上空服員會發的「出入国カード（入境紀錄卡）」、「申告書（申報單）」，等到審查時，直接交給審查員就可以了。

●パスポート

pa.su.po.o.to

護照。

●出入国カード

（しゅつにゅうこく）

shu.tsu.nyu.u.ko.ku.ka.a.do

入境紀錄卡。

左上角會寫「外国人入国記録」的那張。
飛機上會發放，現場也會放置。如果在飛機上沒有拿到，可以在現場排隊時寫。

填寫方法（2016.4.1後的新版入境紀錄卡）

使用英文或日文填寫。

- 氏名(姓名)：使用「護照」上的英文名中文名或日文名。
- 生年月日(出生年月日)：以日、月、年的順序填寫。2016年4月1日開始使用的新版表格年份改為西元年4個數字填寫。
  例如，民國80年12月4日的話就寫04121990。
- 現住所(現居住地)：使用英文或日文国名-台湾 TAWAIN

都市名

北部

台北　TAIPEI
新北　NEW TAIPEI
基隆　KEELUNG
桃園　TAOYUAN
新竹　HSINCHU
宜蘭　YILAN

中部

苗栗　MIAOLI
台中　TAICHUNG
彰化　CHANGHUA
南投　NANTOU
雲林　YUNLIN

南部

嘉義　CHIAYI
台南　TAINAN
高雄　KAOHSIUNG
屏東　PINGTUNG

東部

花蓮　HUALIEN
台東　TAITUNG

外島

澎湖　PENGHU
金門　KINMEN
連江　LIENCHIANG

◈渡航目的（航程目的）：選項有觀光（觀光）、商用(商務)、親族訪問（拜訪親友）、その他（其他）。除了最後一個選項要寫理由，其他選項都用勾選的。

◈航空機便名・船名（航班編號・船名）：填上班機編號或所乘船名。

◈日本滞在予定期間（在日本停留天數）：可寫英文或日文。若是3天可寫3 days;5天可寫5 days。

◈日本の連絡先（在日本的連絡地）：建議填上第一天住的飯店或旅館地址，最好也寫上飯店或旅館名哦！
後半部有空間寫電話號碼，事先記起來，再寫上去就可以了。

3 個勾選問題 ：

1. 日本での退去強制歴・上陸拒否歴の有無 ：在日本是否有被強制出境、拒絕入境的經驗。
2. 有罪判決の有無（日本での判決に限らない）：是否有前科（任何國家都算）。
3. 規制薬物・銃砲・刀剣類・火薬類の所持 ：是否持有毒品、槍砲、刀劍、火藥。

◈署名(簽名)：簽上大名。最好和前面的「氏名(姓名」相同。

MP3 015

●申告書（しんこくしょ）

shi.n.ko.ku.sho

申報單

現場也會放置，在機上沒拿到也不用擔心。
如果是一家人可以只填一張，但要記得過海關時要一起過喔！

小提醒

◈隨身帶筆會比較方便哦！

◈入境紀錄卡和申報單空服員會發，機場也會放置。

◈事前可以將住宿的飯店旅館名稱、地址和電話記下來或印下來，帶在身邊。

▸入境審査

說明

入境審查時，要給他看「航空券(機票)」、「パスポート（護照）」和「出入国カード（入境紀錄卡）」，並按壓指紋並拍攝臉部照片。
除此之外，「入国審査官（入境審查員）」可能會問一些問題(大多什麼都不會問）。
下面的內容是可能會被問到的一些問題。

•お1人での滞在ですか？

o.hi.to.ri.de.no./ta.i.za.i.de.su.ka
請問您是1個人來的嗎？

會話試一試

A お1人での滞在ですか？
o.hi.to.ri.de.no./ta.i.za.i.de.su.ka
請問您是1個人來的嗎？

B いいえ、友達と一緒です。
i.i.e　to.mo.da.chi.to./i.ssho.de.su
不是，我和朋友一起來的。

會話試一試

A お1人(ひとり)での滞在(たいざい)ですか？
o.hi.to.ri.de.no./ta.i.za.i.de.su.ka
請問您是1個人來的嗎？

B はい、1人(ひとり)です。
ha.i　hi.to.ri.de.su
是的，我是1個人來的。

MP3 016

•一點點補充•

✏ 和朋友一起的話→いいえ、友達(ともだち)と一緒(いっしょ)です。
i.i.e　to.mo.da.chi.to./i.ssho.de.su
不是，我和朋友一起來的。

✏ 和家人一起的話→いいえ、家族(かぞく)と一緒(いっしょ)です。
i.i.e　ka.zo.ku.to./i.ssho.de.su
不是，我和家人一起來的

✏ 和老公一起的話→いいえ、主人(しゅじん)と一緒(いっしょ)です。
i.i.e　shu.ji.n.to./i.ssho.de.su
不是，我和我老公一起來的。

✏ 和老婆一起的話→いいえ、妻(つま)と一緒(いっしょ)です。
i.i.e　tsu.ma.to./i.ssho.de.su
不是，我和我老婆一起來的。

✏ 一個人的話→はい、1人(ひとり)です。
ha.i　hi.to.ri.de.su
是的，我是一個人來的。

•旅行の目的は何ですか？

ryo.ko.u.no./mo.ku.te.ki.wa./na.n.de.su.ka

請問您旅行的目的是什麼？

會話試一試

A 旅行の目的は何ですか？

ryo.ko.u.no./mo.ku.te.ki.wa./na.n.de.su.ka

請問您旅行的目的是什麼？

B 観光です。

ka.n.ko.u.de.su

我是來觀光的。

•一點點補充•

請依自己的真實情況回答！

✏ 如果是出差/工作→出張です。/仕事です。

shu.ccho.u.de.su　shi.go.to.de.su

我是來出差的。/我是來工作的

✏ 如果是留學→留学です

ryu.u.ga.ku.de.su

我是來留學的。

✏ 如果是拜訪親戚→親戚の家を訪れるためです。

shi.n.se.ki.no.i.e.o./o.to.zu.re.ru.ta.me.de.su

我來拜訪我親戚。

✏ 如果是找朋友→友達の家を訪れるためです。

to.mo.da.chi.no.i.e.o./o.to.zu.re.ru.ta.me.de.su

我來拜訪我朋友。

MP3 017

どのぐらい滞在する予定ですか？

do.no.gu.ra.i./ta.i.za.i.su.ru.yo.te.i.de.su.ka

請問您預計在日本待多久？

會話試一試

A どのぐらい滞在する予定ですか？

do.no.gu.ra.i./ta.i.za.i.su.ru.yo.te.i.de.su.ka

請問您預計在日本待多久？

B 一週間です。

i.sshu.u.ka.n.de.su

一星期。

•一點點補充•

請依自己的真實情況 (入境紀錄卡上寫的) 回答哦！

•相關單字•

2日間

fu.tsu.ka.ka.n

2天

3日間

mi.kka.ka.n

3天

4日間

yo.kka.ka.n

4天

5日間

i.tsu.ka.ka.n

5天

6日間

mu.i.ka.ka.n

6天

7日間 / 1週間

na.no.ka.ka.n　i.sshu.u.ka.n

7天/1星期

8日間

yo.u.ka.ka.n

8天

9日間

ko.ko.no.ka.ka.n

9天

10日間

to.o.ka.ka.n

10天

・更詳細的天數說法可以翻到P296

018

•どこに滞在(たいざい)しますか？

do.ko.ni./ta.i.za.i.shi.ma.su.ka

請問您將住在哪裡？

會話試一試

A どこに滞在(たいざい)しますか？

do.ko.ni./ta.i.za.i.shi.ma.su.ka

請問您將住在哪裡？

B 千葉(ちば)の東横(とうよこ)インホテルです。

chi.ba.no./to.u.yo.ko.i.n.ho.te.ru.de.su

住千葉的東横INN旅館。

•一點點補充•

和入境紀錄卡一樣，回答第一天住的地方就可以了。

如果是住飯店→簡單回答飯店名就可以了。

✏ 如果是住朋友家→友達(ともだち)の家(いえ)です。

to.mo.da.chi.no./i.e.de.su

住在朋友家。

✏ 如果是住親戚家→親戚(しんせき)の家(いえ)です。

shi.n.se.ki.no./i.e.de.su

住在親戚家。

✏ 如果是住在公司的宿舍→会社(かいしゃ)の寮(りょう)です。

ka.i.sha.no./ryo.u.de.su

公司的宿舍。

•相關單字•

滞在（たいざい）
ta.i.za.i
停留；旅居

友達（ともだち）
to.mo.da.chi
朋友

家族（かぞく）
ka.zo.ku
家人；家庭

主人（しゅじん）
shu.ji.n
丈夫

妻（つま）
tsu.ma
妻子

一緒に（いっしょ）
i.ssho.ni
一起

訪れる（おとず）
o.to.zu.re.ru
拜訪

寮（りょう）
ryo.u
宿舍

019

▶ 領行李

說明

入境審查之後，確認好自己搭乘的航班出行李的區域，就可以去領行李了。
領行李的地方基本上標示都很清楚，如果沒有意外，只要在旁邊等自己的行李出來就好。如果有問題的話就試著去詢問現場人員吧！

● 荷物(にもつ)の受(う)け取(と)り場所(ばしょ)はどこですか？

ni.mo.tsu.no./u.ke.to.ri.ba.sho.wa./do.ko.de.su.ka
請問行李提提領處在那裡？

會話試一試

A 荷物(にもつ)の受(う)け取(と)り場所(ばしょ)はどこですか？
ni.mo.tsu.no./u.ke.to.ri.ba.sho.wa./do.ko.de.su.ka
請問行李提提領處在那裡？

B あそこのエスカレーターを降(お)りると、すぐ見(み)えます。
a.so.ko.no./e.su.ka.re.e.ta.a.o./o.ri.ru.to su.gu./mi.e.ma.su
從那裡的手扶梯下去，馬上就可以看到了。

A わかりました。ありがとうございます。
wa.ka.ri.ma.shi.ta a.ri.ga.to.u.go.za.i.ma.su
我知道了。謝謝。

•一點點補充•

如果要問地方，可以這樣說→

✏(地點) はどこですか？
wa./do.ko.de.su.ka
請問 (地點) 在哪裡？

✏(荷物(にもつ)の受(う)け取(と)り場所(ばしょ)) はどこですか？
ni.mo.tsu.no./u.ke.to.ri.ba.sho.wa./do.ko.de.su.ka
請問 (行李提領處) 在哪裡？

✏(トイレ) はどこですか？
to.i.re wa./do.ko.de.su.ka
請問 (廁所) 在哪裡？

✏(両替所(りょうがえじょ)) はどこですか？
ryo.o.ga.e.jo.wa./do.ko.de.su.ka
請問 (貨幣兑換處) 在哪裡？

MP3 020

●私(わたし)の荷物(にもつ)が出(で)てこないんですが。

wa.ta.shi.no./ni.mo.tsu.ga./de.te.ko.na.i.n.de.su.ga

我的行李沒有出來。

會話試一試

A すみません、私(わたし)の荷物(にもつ)が出(で)てこないんですが。

su.mi.ma.se.n　wa.ta.shi.no./ni.mo.tsu.ga./de.te.ko.na.i.n.de.su.ga

不好意思，我的行李沒有出來。

B 航空券(こうくうけん)と荷物引換証(にもつひきかえしょう)を見(み)せていただけますか？

ko.u.ku.u.ke.n.to./ni.mo.tsu.hi.ki.ka.e.sho.u.o./mi.se.te.i.ta.da.ke.ma.su.ka

能給我看您的機票和行李托運單嗎？

A はい。どうぞ。

ha.i　do.u.zo

好的。請看。

● 私の荷物が見つかりません。

wa.ta.shi.no./ni.mo.tsu.ga./mi.tsu.ka.ri.ma.se.n

我找不到我的行李。

會話試一試

A 私の荷物が見つかりません。

wa.ta.shi.no./ni.mo.tsu.ga./mi.tsu.ka.ri.ma.se.n

我找不到我的行李。

B 航空券と荷物引換証をお持ちですか？

ko.u.ku.u.ke.n.to./ni.mo.tsu.hi.ki.ka.e.sho.u.o./o.mo.chi.de.su.ka

您持有機票和行李托運單嗎？

A はい。これです。

ha.i　ko.re.de.su

有，就是這些。

•一點點補充•

「荷物引換証（行李托運單）」通常會在台灣辦理出國手續時被釘在護照上或夾在護照裡，這時只要將護照和機票交給人員就可以囉！

MP3 021

●私の荷物が壊れているんですが。

wa.ta.shi.no./ni.mo.tsu.ga./ko.wa.sa.re.te.i.ru.n.de.su.ga

我的行李破損了。

會話試一試

A すみません、私の荷物が壊れているんですが。

su.mi.ma.se.n wa.ta.shi.no./ni.mo.tsu.ga./ko.wa.re.te.i.ru.n.de.su.ga

不好意思，我的行李被弄壞了。

B どのように壊れているのですか？

do.no.yo.u.ni./ko.wa.re.te.i.ru.no.de.su.ka

請問破損狀況如何？

A ここが壊れていて…

ko.ko.ga./ko.wa.sa.re.te.i.te

這裡壞了……

B 申し訳ございません。

mo.u.shi.wa.ke.go.za.i.ma.se.n

非常抱歉。

このような破損状況は弊社は負担しかねますので、

ko.no.yo.u.na./ha.so.n.jo.u.kyo.u.wa./he.i.sha.ga./fu.ta.n.shi.ka.ne.ma.su.no.de
這樣的損壞狀況依公司規定無法負擔賠償責任，

ご了承(りょうしょう)ください。
go.ryo.u.sho.u.ku.da.sa.i
請您見諒。

•相關單字•

荷物(にもつ)
ni.mo.tsu
行李

受(う)け取(と)り
u.ke.to.ri
領取；接受

ここ
ko.ko
這裡；這邊

較靠近説話者位置的地方。

そこ
so.ko
那裡；那邊

靠近聽者位置的地方。

あそこ
a.so.ko
那邊

離説話者和聽者都有點距離的地方。

エスカレーター
e.su.ka.re.e.ta.a
手扶梯

MP3 022

エレベーター
e.re.be.e.ta.a
電梯

降（お）りる
o.ri.ru
下（山、車、樓……）

トイレ(Toilet)
to.i.re
廁所

両替所（りょうがえじょ）
ryo.o.ga.e.jo
貨幣兌換處

申（もう）し訳（わけ）ございません
mo.u.shi.wa.ke.go.za.i.ma.se.n
非常抱歉
敬語，比「ごめんなさい」、「すみません」更為慎重有禮。

▸ 海關

說明

領到行李之後就會遇到「税関(海關)」。
這裡會稍微檢查所攜帶的物品，需要拿出「パスポート(護照)」和「申告書(申報單)」。
請務必在搭飛機前確認哪些物品無法帶去日本哦！
若事先確認過，且所填寫的「申告書(申報單)」沒有錯誤，那麼就可以安心走過去囉！

● 申告するものはありますか？

shi.n.ko.ku.su.ru.mo.no.wa./a.ri.ma.su.ka
請問有要申報的東西嗎？

會話試一試

A パスポートを見せてください。
pa.su.po.o.to.o./mi.se.te.ku.da.sa.i
請讓我看一下護照。

B はい。
ha.i
好的。

MP3 023

A 申告(しんこく)するものはありますか？

shi.n.ko.ku.su.ru.mo.no.wa./a.ri.ma.su.ka

請問有要申報的物品嗎？

B いいえ、ありません。

i.i.e a.ri.ma.se.n

不，沒有。

一點點補充

如果有要申報的物品，可以說→

✏ はい、あります。

ha.i. a.ri.ma.su

是的，我有。

然後直接給海關看物品，或是告訴海關有哪些物品。

通常會申報的物品：

✏ お酒(さけ)

o.sa.ke

酒

✏ タバコ

ta.ba.ko

香菸

●スーツケースを開(あ)けてください。

su.u.tsu.ke.e.su.o./a.ke.te.ku.da.sa.i
請打開您的行李箱。

會話試一試

A スーツケースを開(あ)けてください。
su.u.tsu.ke.e.su.o./a.ke.te.ku.da.sa.i
請打開您的行李箱。

B はい。
ha.i
好的。

A これは何(なん)ですか？
ko.re.wa./na.n.de.su.ka
這是什麼？

B それはパイナップルケーキです。
so.re.wa./pa.i.na.ppu.ru./ke.e.ki.de.su
那是鳳梨酥。

MP3 024

•これは何(なん)ですか？

ko.re.wa./na.n.de.su.ka

請問這是什麼？

會話試一試

A この荷物(にもつ)を開(あ)けてください。

ko.no.ni.mo.tsu.o./a.ke.te.ku.da.sa.i

請打開這件行李。

B はい。

ha.i

好的。

A これは何(なん)ですか？

ko.re.wa./na.n.de.su.ka

請問這是什麼？

B それは漢方薬(かんぽうやく)です。

so.re.wa./ka.n.po.u./ya.ku.de.su

那是中藥。

•一點點補充•

問題→

✏ これは何(なん)ですか？

ko.re.wa./na.n.de.su.ka

請問這是什麼？

回答→

✏ それは（物品）です。
so.re.wa. ＿＿＿＿＿ /de.su
那個是（物品）。

✏ それは（漢方薬）です。
so.re.wa./ka.n.po.u./ya.ku de.su
那個是（中藥）

✏ それは（インスタントラーメン）です。
so.re.wa./i.n.su.ta.n.to./ra.a.me.n.de.su
那個是（泡麵）。

✏ それは（タロイモケーキ）です。
so.re.wa./ta.ro.i.mo./ke.e.ki.de.su
那個是（芋頭酥）

•相關單字•

申告
shi.n.ko.ku
申報（名詞）

申告する
shi.n.ko.ku.su.ru
申報（動詞）

いいえ、ありません。
i.i.e a.ri.ma.se.n
沒有

はい、あります。
ha.i a.ri.ma.su
有

スーツケース (Suitcase)
su.u.tsu.ke.e.su
行李箱

お酒（さけ）
o.sa.ke
酒

タバコ
ta.ba.ko
香菸

パイナップルケーキ (Pineapple Cake)
pa.i.na.ppu.ru./ke.e.ki
鳳梨酥

パイナップル
pa.i.na.ppu.ru
鳳梨

ケーキ (Cake)
ke.e.ki
蛋糕

漢方薬（かんぽうやく）
ka.n.po.u./ya.ku
中藥

インスタントラーメン
i.n.su.ta.n.to./ra.a.me.n
泡麵

タロイモケーキ
ta.ro.i.mo./ke.e.ki
芋頭酥

▸兌換錢幣

說明

成功出關後，若需要在機場兌換錢幣，可以去「両替所(りょうがえじょ)(貨幣兌換處)」。

●両替(りょうがえ)はどこでできますか？

ryo.u.ga.e.wa./do.ko.de./de.ki.ma.su.ka

請問哪裡可以換錢？

會話試一試

A 両替(りょうがえ)はどこでできますか？

ryo.u.ga.e.wa./do.ko.de./de.ki.ma.su.ka

請問哪裡可以換錢？

B あそこのリムジンバスの受付(うけつけ)の向(む)かい側(がわ)にありますよ。

a.so.ko.no./ri.mu.ji.n.ba.su.no./u.ke.tsu.ke.no./mu.ka.i.ga.wa.ni./a.ri.ma.su.yo

在那邊的利木津巴士櫃台對面哦！

MP3 026

台湾(たいわん)ドルを日本円(にほんえん)に変(か)えてください。

ta.i.wa.n.do.ru.o./ni.ho.n.e.n.ni./ka.e.te.ku.da.sa.i

請幫我把台幣換成日圓。

會話試一試

A 台湾(たいわん)ドルを日本円(にほんえん)に変(か)えてください。

ta.i.wa.n.do.ru.o./ni.ho.n.e.n.ni./ka.e.te.ku.da.sa.i

請幫我把台幣換成日圓。

B いくら両替(りょうがえ)したいですか？

i.ku.ra./ryo.u.ga.e.shi.ta.i.de.su.ka

您想換多少錢呢？

A 五万円(ごまんえん)です。

go.ma.n.e.n.de.su

五萬日圓。

•一點點補充•

如果想用美金換成日幣，可以説→

✏ ドルを日本円(にほんえん)に変(か)えてください。

do.ru.o./ni.ho.n.e.n.ni./ka.e.te.ku.da.sa.i

請幫我把美金換成日圓。

如果想用人民幣換成日幣，可以説→

✏ 人民元(じんみんげん)を日本円(にほんえん)に変(か)えてください。

ji.n.mi.n.ge.n.o./ni.ho.n.e.n.ni./ka.e.te.ku.da.sa.i

請幫我把人民幣換成日圓。

●トラベラーズチェックを現金(げんきん)にしてください。

to.ra.be.ra.a.zu./che.kku.o./ge.n.ki.n.ni./shi.te.ku.da.sa.i

請幫我把旅行支票換成現金。

會話試一試

A トラベラーズチェックを現金(げんきん)にしてください。

to.ra.be.ra.a.zu./che.kku.o./ge.n.ki.n.ni./shi.te.ku.da.sa.i

請幫我把旅行支票換成現金。

B はい。こちらにお名前(なまえ)とパスポート番号(ばんごう)をお書(か)きください。

ha.i ko.chi.ra.ni./o.na.ma.e.to./pa.su.po.o.to.ba.n.go.u.o./o.ka.ki.ku.da.sa.i

好的。請在這裡寫上您的大名和護照號碼。

A はい。

ha.i

好。

•一點點補充•

✏トラベラーズチェック = 旅行小切手(りょこうこぎって)

to.ra.be.ra.a.zu./che.kku　ryo.ko.u.ko.gi.tte

旅行支票

「小切手」就是「支票」的意思。

附帶一提，「切手」是「郵票」的意思哦！

•相關單字•

両替
ryo.u.ga.e
貨幣兌換；換零錢

両替所
ryo.u.ga.e.jo
貨幣兌換所

バス
ba.su
公車

受付
u.ke.tsu.ke
詢問處；受理

向かい側
mu.ka.i.ga.wa
對面

いくら
i.ku.ra
多少錢

トラベラーズチェック (traveller's check)
to.ra.be.ra.a.zu./che.kku
旅行支票

旅行小切手（りょこうこぎって）
ryo.ko.u.ko.gi.tte
旅行支票

小切手（こぎって）
ko.gi.tte
支票

切手（きって）
ki.tte
郵票

お名前（なまえ）
o.na.ma.e
名字

番号（ばんごう）
ba.n.go.u
號碼

飯店住宿

028

▸網路預約住宿

說明

預約飯店用網站預約是最方便的方法，現在有許多中文網站可以預約國外的飯店或旅館。就算想用日本網站訂房也不用擔心完全看不懂，日文裡有許多漢字是和中文意思差不多的。這部分要說的是住宿網會出現的各種日文單字。

●目的別に探す

もくてきべつ　さが

mo.ku.te.ki.be.tsu.ni./sa.ga.su

以目的尋找

✏ 日帰り・デイユース（ひがえ）

hi.ga.e.ri de.i.yu.u.su

當日來回

✏ 出張ビジネス予約（しゅっちょう　よやく）

shu.ccho.u./bi.ji.ne.su./yo.ya.ku

出差商務旅館預約

✏ 高級ホテル・旅館（こうきゅう　りょかん）

ko.u.kyu.u.ho.te.ru ryo.ka.n

高級飯店、旅館

MP3 029

✏ 宿（やど）・ホテル
ya.do　ho.te.ru
僅尋找住宿飯店

✏ 航空券（こうくうけん）＋ 宿泊（しゅくはく）
ko.u.ku.u.ke.n　shu.ku.ha.ku
與機票一起預約有優惠的住宿飯店

以Jalan為例，可以找到與日本航空和全日空合作的飯店。

✏ JR新幹線（しんかんせん）・特急（とっきゅう）＋ 宿泊（しゅくはく）
shi.n.ka.n.se.n　to.kkyu.u　shu.ku.ha.ku

與JR新幹線・特急列車一起預約有優惠的住宿飯店

●部屋（へや）のタイプ
he.ya.no./ta.i.pu
房型

✏ シングルルーム (Single room)
shi.n.gu.ru./ru.u.mu
單人房

✏ セミダブルルーム (Semi-Double room)
se.mi.da.bu.ru./ru.u.mu
雙人房（一張較小的雙人床）

✏ ダブルルーム (Double room)
da.bu.ru./ru.u.mu
雙人房（一張較大的雙人床）

✏ツインルーム (Twin room)
tsu.i.n./ru.u.mu
雙人房 (兩張床)

✏トリプルルーム (Triple room)
to.ri.pu.ru./ru.u.mu
三人房

✏フォースルーム (Fourth room)
fo.o.su./ru.u.mu
四人房

●宿泊プラン

shu.ku.ha.ku./pu.ra.n
住宿規劃

✏素泊り
su.do.ma.ri
單純住宿 (不含三餐或票卷等等)

✏一泊朝食
i.ppa.ku./cho.u.sho.ku
住一晚含早餐

✏一泊二食
i.ppa.ku./ni.sho.ku
住一晚含早晚餐

✏朝ごはん付き・朝食付き
a.sa.go.ha.n./tsu.ki　cho.u.sho.ku./tsu.ki
附早餐

030

✏ 乗車(じょうしゃ)チケット付(つ)き
jo.u.sha./chi.ke.tto./tsu.ki
附乘車券

•一點點補充•

如果有出現「付(つ)き」這個詞的話，就表示住宿費裡含有「付(つ)き」前面所寫的那個東西。
像是「乗車(じょうしゃ)チケット付(つ)き」就表示住宿費裡含有「乗車(じょうしゃ)チケット(乘車券)」哦！

アメニティ	施設(しせつ)	サービス
a.me.ni.ti	shi.se.tsu	sa.a.bi.su
設備	設施	服務

•相關單字•

歯(は)ブラシ・歯磨(はみが)き粉(こ)
ha.bu.ra.shi ha.mi.ga.ki.ko
牙刷、牙膏

バスタオル
ba.su.ta.o.ru
浴巾、毛巾

シャンプー
sha.n.pu.u
洗髮精

リンス
ri.n.su
潤髮乳

ボディソープ
bo.di.so.o.pu
沐浴乳

石(せっ)けん
se.kke.n
香皂

バスローブ
ba.su.ro.o.pu
浴袍

ドライヤー
do.ra.i.ya.a
吹風機

髭(ひげ)剃(そ)り
hi.ge.so.ri
刮鬍刀

シャワーキャップ
sha.wa.a./kya.ppu
浴帽

温水洗浄(おんすいせんじょう)トイレ
o.n.su.i.se.n.jo.u./to.i.re
免治馬桶

くし・ブラシ
ku.shi. bu.ra.shi
梳子

▸前往飯店（交通）

說明

(可與“旅程結束篇－前往機場”交互參考。)
從機場去飯店通常會搭乘電車、公車，也會有人選擇計程車。計程車雖然可以省去查詢電車路線圖的麻煩，但從機場到市區的計程車價格非常貴，建議事先查好如何搭乘電車或客運，會比較划算。也可以查看看有沒有划算的機場來回套票，許多針對外國觀光客的優惠票只會在機場販售哦！

● みどりの窓口(まどぐち)はどこですか？

mi.do.ri.no./ma.do.gu.chi.wa./do.ko.de.su.ka
請問JR的服務櫃檯在哪裡？

會話試一試

A みどりの窓口(まどぐち)はどこですか？
mi.do.ri.no./ma.do.gu.chi.wa./do.ko.de.su.ka
請問JR的服務櫃檯在哪裡？

B あそこの緑(みどり)の看板(かんばん)のところですよ。

a.so.ko.no./mi.do.ri.no./ka.n.ba.n.no./to.ko.ro.de.su.yo

就在那邊的綠色招牌那裡哦！

A わかりました。ありがとうございます？

wa.ka.ri.ma.shi.ta a.ri.ga.to.u.go.za.i.ma.su

我知道了。謝謝。

(在JR的服務櫃檯)

A すみません、JR(ジェイアール) 西日本(にしにほん)PASS(パス)はここで買(か)えますか？

su.mi.ma.se.n je.i.a.a.ru./ni.shi.ni.ho.n.pa.su.wa./ko.ko.de./ka.e.ma.su.ka

不好意思，請問這裡可以買JR西日本PASS嗎？

B はい。何日間(なんにちかん)のPASS(パス)を買(か)いたいですか。

ha.i na.n.ni.chi.ka.n.no./pa.su.o./ka.i.ta.i.de.su.ka

可以的。您想買多少天的PASS呢？

A 5日間(いつかかん)のをください。

i.tsu.ka.ka.n.no.o./ku.da.sa.i

請給我五天的。

B 何枚(なんまい)でしょうか？

na.n.ma.i.de.sho.u.ka

請問要幾張？

A 1枚、お願いします。

i.chi.ma.i o.ne.ga.i.shi.ma.su

1張，麻煩了。

•一點點補充•

✏ みどりの窓口

mi.do.ri.no.ma.do.gu.chi

JR的服務櫃檯

在比較熱鬧或規模較大的車站都設有JR的服務櫃檯。

JR是日本電鐵，發行了許多優惠票券。PASS是JR所發行可以在一定天數內無限制搭乘特定區域JR的優惠卷。大多限制只有短期居留的外國旅客購買。有分不同區域和天數，如果打算在同一地區玩5天左右的話，可以考慮看看！

另外，日本電車和台灣一樣有類似自強號和區間車等的差別，要特別注意大多數的PASS並不是全部都能搭唷！

● 東京駅まで2枚、お願いします。

to.u.kyo.u.e.ki.ma.de./ni.ma.i　o.ne.ga.i.shi.ma.su

麻煩給我兩張到東京車站的車票。

會話試一試

A 東京駅まで2枚、お願いします。

to.u.kyo.u.e.ki.ma.de./ni.ma.i　o.ne.ga.i.shi.ma.su

麻煩給我2張到東京車站的車票。

B はい、2000円でございます。

ha.i　ni.se.n.e.n.de.go.za.i.ma.su

好的，2000日圓。

A ありがとうございます。

a.ri.ga.to.u.go.za.i.ma.su

謝謝。

•一點點補充•

同樣，如果想買到機場的票可以説→

✏ (成田空港) まで　(2枚)、お願いします。

na.ri.ta.ku.u.ko.u./ma.de./ni.ma.i　o.ne.ga.i.shi.ma.su

麻煩給我 (2張) 到 (成田機場) 的車票。

更詳細的張數説法可以翻到P.311

MP3 033

- 大阪駅(おおさかえき)までの片道(かたみち)チケットを1枚(いちまい)ください。

o.o.sa.ka.e.ki.ma.de.no./ka.ta.mi.chi./chi.ke.tto.o./i.chi.ma.i.ku.da.sa.i

請給我一張到東京車站的單程票。

會話試一試

A 大阪駅(おおさかえき)までの片道(かたみち)チケットを1枚(いちまい)ください。

o.o.sa.ka.e.ki.ma.de.no./ka.ta.mi.chi./chi.ke.tto.o./i.chi.ma.i.ku.da.sa.i

請給我一張到大阪車站的單程票。

B 次(つぎ)のバスは午後(ごご)2時(にじ)でございます。

tsu.gi.no./ba.su.wa./go.go.ni.ji.de.go.za.i.ma.su

下一班客運是下午2點。

よろしいでしょうか？

yo.ro.shi.i.de.sho.u.ka

可以嗎？

A はい。ありがとうございます。

ha.i.a.ri.ga.to.u.go.za.i.ma.su

可以。謝謝。

一點點補充

如果想買來回票可以說→

(大阪駅)までの(往復チケット)を(1枚)ください。

o.o.sa.ka.e.ki.ma.de.no./o.u.fu.ku./chi.ke.tto.o./i.chi.ma.i.ku.da.sa.i

請給我一張到大阪車站的來回票。

●このバスは東京駅に行きますか？

ko.no.ba.su.wa./to.u.kyo.u.e.ki.ni./i.ki.ma.su.ka

請問這一線公車有到東京車站嗎？

會話試一試

A このバスは東京駅に行きますか？

ko.no.ba.su.wa./to.u.kyo.u.e.ki.ni./i.ki.ma.su.ka

請問這一線的公車有到東京車站嗎？

B いいえ。東京駅は、前にあるリムジンバスで行けます。

i.i.e　to.u.kyo.u.e.ki.wa.　ma.e.ni.a.ru./ri.mu.ji.n.ba.su.de./i.ke.ma.su

這線沒有。要去東京車站的話，前面一點的利木津巴士可以。

A わかりました。ありがとうございます。
wa.ka.ri.ma.shi.ta　a.ri.ga.to.u.go.za.i.ma.su
我知道了。謝謝。

會話試一試

A このバスは東京駅(とうきょうえき)に行(い)きますか？
ko.no.ba.su.wa./to.u.kyo.u.e.ki.ni./i.ki.ma.su.ka
這一線的公車有到東京車站嗎？

B はい。もうすぐで到着(とうちゃく)いたします。少々(しょうしょう)お待(ま)ちください。
ha.i　mo.u.su.gu.de./to.u.cha.ku.i.ta.shi.ma.su
sho.u.sho.u.o.ma.chi.ku.da.sa.i
有。下一班很快就要到了。請稍等一下。

A はい。ありがとうございます。
ha.i　a.ri.ga.to.u.go.za.i.ma.su
好的。謝謝。

•一點點補充•

✏ このバスは（地點）に行(い)きますか？
ko.no.ba.su.wa./　ni./i.ki.ma.su.ka
請問這一線的公車有到（地點）嗎？

✏ このバスは（東京駅(とうきょうえき)）に行(い)きますか？
ko.no.ba.su.wa./to.u.kyo.u.e.ki.　ni./i.ki.ma.su.ka
請問這一線的公車有到（東京車站）嗎？

✏ このバスは（京都駅(きょうとえき)）に行(い)きますか？
ko.no.ba.su.wa./ kyo.u.to.e.ki.　ni./i.ki.ma.su.ka
請問這一線的公車有到（京都車站）嗎？

▸搭機場巴士

從成田機場(東京)

とうきょう
東京
to.u.kyo.u
東京

ちば
千葉
chi.ba
千葉

つくば
tsu.ku.ba
筑波

にっぽり
日暮里
ni.ppo.ri
日暮里

うえの
上野
u.e.no
上野

おおみや
大宮
o.o.mi.ya
大宮

しながわ
品川
shi.na.ga.wa
品川

035

池袋
i.ke.bu.ku.ro
池袋

新宿
shi.n.ju.ku
新宿

渋谷
shi.bu.ya
澀谷

從羽田機場(東京)

◈羽田機場和成田機場都是位在東京的機場，所以巴士抵達的地方是會重疊的哦！

◈以下列出的是從羽田機場出發，又是選擇搭巴士的話，到這些地點會比較方便。從成田機場當然也可以到這些地方。

横浜
yo.ko.ha.ma
橫濱

舞浜/東京ディズニーランド
ma.i.ha.ma/to.u.kyo.u.di.zu.ni.i.ra.n.do
舞濱 / 東京迪士尼

お台場
o.da.i.ba
台場

東京ビッグサイト
to.u.kyo.u./bi.ggu./sa.i.to
東京國際展示場

スカイツリー
su.ka.i.tsu.ri.i
晴空塔

從關西機場(大阪)

大阪駅(梅田)
o.o.sa.ka.e.ki u.me.da
大阪車站(梅田)

難波駅
na.n.ba.e.ki
難波車站

阿倍野ハルカス (天王寺駅)
a.be.no.ha.ru.ka.su te.n.no.u.ji.e.ki
阿倍野HARUKAS

京都駅
kyo.u.to.e.ki
京都車站

奈良駅
na.ra.e.ki
奈良車站

神戸三宮
ko.u.be./sa.n.no.mi.ya
神戶三宮

從新千歲機場(北海道)

札幌
sa.ppo.ro
札幌

すすきの
su.su.ki.no
薄野

中島公園
na.ka.ji.ma.ko.u.e.n
中島公園

從福岡機場(九州)

博多駅
ha.ka.ta.e.ki
博多車站

天神
te.n.ji.n
天神

太宰府
da.za.i.fu
太宰府

別府
be.ppu
別府

小倉（こくら）

ko.ku.ra

小倉

佐賀（さが）

sa.ga

佐賀

長崎（ながさき）

na.ga.sa.ki

長崎

熊本（くまもと）

ku.ma.mo.to

熊本

MP3 037

●この近(ちか)くにタクシー乗(の)り場(ば)はありますか？

ko.no.chi.ka.ku.ni./ta.ku.shi.i.no.ri.ba.wa./a.ri.ma.su.ka

請問這附近有可以搭計程車的地方嗎？

會話試一試

A この近(ちか)くにタクシー乗(の)り場(ば)はありますか？

ko.no.chi.ka.ku.ni./ta.ku.shi.i.no.ri.ba.wa./a.ri.ma.su.ka

請問這附近有可以搭計程車的地方嗎？

B ありますよ。

a.ri.ma.su.yo

有的！

到着(とうちゃく)ロビーを出(で)ると、すぐ見(み)えます。

to.u.cha.ku.ro.bi.i.o./de.ru.to　su.gu./mi.e.ma.su

從入境大廳出去後，馬上就可以看到了。

A わかりました。ありがとうございます。

wa.ka.ri.ma.shi.ta.a.ri.ga.to.u.go.za.i.ma.su

我知道了。謝謝。

•相關單字•

窓口（まどぐち）
ma.do.gu.chi
窗口

看板（かんばん）
ka.n.ba.n
招牌

ところ
to.ko.ro
地方

行（い）きます
i.ki.ma.su
去；前往

来（き）ます
ki.ma.su
來；過來

もうすぐ
mo.u.su.gu
馬上就……

タクシー
ta.ku.shi.i
計程車

乗（の）り場（ば）
no.ri.ba
搭乘處

038

▶入住 (已預約)

● 今、チェックインできますか？

i.ma　che.kku.i.n./de.ki.ma.su.ka

請問現在可以辦理入住手續嗎？

會話試一試

(入住時間前抵達)

A 今チェックインできますか？

i.ma./che.kku.i.n./de.ki.ma.su.ka

請問現在可以辦理入住手續嗎？

B 申し訳ございませんが、

mo.u.shi.wa.ke./go.za.i.ma.se.n.ga

非常抱歉，

まだお部屋のご用意ができておりません。

ma.da./o.he.ya.no./go.yo.u.i.ga./de.ki.te.o.ri.ma.se.n

目前房間還未整理好。

A はい、では、後できます。

ha.i　de.wa　a.to.de./ki.ma.su

好的，那我晚點再來。

● チェックイン時間(じかん)まで、荷物(にもつ)を預(あず)かってもらえますか？

che.kku.i.n./ji.ka.n.ma.de.ni.mo.tsu.o/a.zu.ka.tte.mo.ra.e.ma.su.ka

入住時間之前能幫我保管行李嗎？

會話試一試

A チェックイン時間(じかん)まで、荷物(にもつ)を預(あず)かってもらえますか？

che.kku.i.n./ji.ka.n.ma.de.ni.mo.tsu.o/a.zu.ka.tte.mo.ra.e.ma.su.ka

入住時間之前能幫我保管行李嗎？

B はい、もちろんです。

ha.i.mo.chi.ro.n.de.su

好的，當然可以。

039

●チェックインしたいのですが。

che.kku.i.n.shi.ta.i.no.de.su.ga

我想辦理入住手續。

會話試一試

A チェックインしたいのですが。

che.kku.i.n.shi.ta.i.no.de.su.ga

我想辦理入住手續。

B はい、ご予約(よやく)はいただいていますか？

ha.i. go.yo.ya.ku.wa./i.ta.da.i.te.i.ma.su.ka

好的，請問有預約嗎？

A はい、リン・イェー・ジューンです。

ha.i. ri.n.ye.e.ju.u.n.de.su

有的，我是林怡君。

B パスポートをお願(ねが)い致(いた)します。

pa.su.po.o.to.o./o.ne.ga.i.shi.ma.su

麻煩請給我您的護照。

A はい、どうぞ。

ha.i do.u.zo

好的，請看。

インターネットで予約しました。

i.n.ta.a.ne.tto.de./yo.ya.ku.shi.ma.shi.ta

我在網路上預約了。

會話試一試

A インターネットで予約しました。

i.n.ta.a.ne.tto.de./yo.ya.ku.shi.ma.shi.ta

我在網路上預約了。

B ご予約のお名前を教えていただけますか？

go.yo.ya.ku.no./o.na.ma.e.o./o.shi.e.te.i.ta.da.ke.ma.su.ka

能請教您預約時的名字嗎？

A リン・イェー・ジューンです。

ri.n.ye.e.ju.u.n.de.su

林怡君。

B パスポートを見せていただけませんか？

pa.su.po.o.to.o./mi.se.te.i.ta.da.ke.ma.se.n.ka

能讓我看護照嗎？

A はい、どうぞ。

ha.i　　do.o.zo

好的，請看。

•相關單字•

今
i.ma
現在

チェックイン
che.kku.i.n
辦理登機手續；辦理入住手續

部屋
he.ya
房間

用意
yo.u.i
準備

預かる
a.zu.ka.ru
保管

もちろん
mo.chi.ro.n
當然

予約
yo.ya.ku
預約

インターネット
i.n.ta.a.ne.tto
網路

▸入住(未預約)

●予約はしていないのですが、泊まれますか？

yo.ya.ku.wa./shi.te.i.na.i.no.de.su.ga. to.ma.re.ma.su.ka

請問我沒有預約，能住宿嗎？

會話試一試

A すみません、予約はしていないのですが、

su.mi.ma.se.n yo.ya.ku.wa./shi.te.i.na.i.no.de.su.ga

不好意思，我沒有預約，

泊まれますか？

to.ma.re.ma.su.ka

請問還有房間嗎？

B はい、どのお部屋も空いてますよ。

ha.i. do.no.o.he.ya.mo./a.i.te.ma.su.yo

可以，目前所有房型都有。

A 一番安い部屋をお願いします。

i.chi.ba.n.ya.su.i.he.ya.o./o.ne.ga.i.shi.ma.su

麻煩給我最便宜的房間。

B それでは8階の1人部屋で、

so.re.de.wa./ha.kka.i.no./hi.to.ri.be.ya.de./

那樣的話，8樓的1人房，

素泊りで1泊3000円で、いかがでしょうか？

su.do.ma.ri.de./i.ppa.ku./sa.n.ze.n.e.n.de./i.ka.ga.de.sho.o.ka

不附三餐，1晚3000日圓，您覺得如何?

A はい。お願いします。

ha.i.　o.ne.ga.i.shi.ma.su

好的，麻煩你了。

B 何泊されますか？

na.n.pa.ku.sa.re.ma.su.ka

請問要住幾晚呢?

A 3泊です。

sa.n.pa.ku.de.su

3晚。

MP3 041

●空き部屋(あべや)がありますか？

a.ki.be.ya.ga./a.ri.ma.su.ka

請問有空房嗎？

會話試一試

A 空き部屋(あべや)がありますか？

a.ki.be.ya.ga./a.ri.ma.su.ka

請問有空房嗎？

B 何名様(なんめいさま)がご利用(りよう)になりますか？

na.n.me.i.sa.ma.ga./go.ri.yo.u.ni.na.ri.ma.su.ka

請問有幾位要入住？

A 2人(ふたり)です。

fu.ta.ri.de.su

2個人。

B 何泊(なんぱく)なさいますか？

na.n.pa.ku.na.sa.i.ma.su.ka

請問要住幾晚呢？

A 2泊(にはく)です。

ni.ha.ku.de.su

兩晚。

B では、ツインルームで、1泊6000円(いっぱくろくせんえん)で、いかがでしょうか？

de.wa tsu.i.n./ru.u.mu.de i.ppa.ku./ro.ku.se.n.e.n.de i.ka.ga.de.sho.u.ka

那麼，兩床房、1晚6000日圓，您覺得如何？

A それでお願いします。ありがとうございます。

so.re.de./o.ne.ga.i.shi.ma.su a.ri.ga.to.u.go.za.i.ma.su

麻煩那間房間就可以了。謝謝。

MP3 042

會話試一試

A 空き部屋がありますか？

a.ki.be.ya.ga./a.ri.ma.su.ka

請問有空房嗎？

B 申し訳ございませんが、今、4人部屋しかありません。

mo.u.shi.wa.ke./go.za.i.ma.se.n.ga i.ma yo.ni.n.be.ya.shi.ka.a.ri.ma.se.n

非常抱歉，現在只有4人房。

A そうですか。すみません、ありがとうございます。

so.u.de.su.ka su.mi.ma.se.n a.ri.ga.to.u.go.za.i.ma.su

這樣子啊。不好意思打擾了，謝謝。

●1泊いくらですか？

i.ppa.ku./i.ku.ra.de.su.ka

請問住一晚多少錢？

會話試一試

A すみません、1泊いくらですか？

su.mi.ma.se.n　i.ppa.ku./i.ku.ra.de.su.ka

不好意思，請問住一晚多少錢？

B シングルルームなら、1泊4000円でございます。

shi.n.gu.ru./ru.u.mu./na.ra　i.ppa.ku./yo.n.se.n.e.n.de.go.za.i.ma.su

單人房的話，1晚4000日圓。

A では、それで3泊お願いします。

de.wa　so.re.de./sa.n.pa.ku./o.ne.ga.i.shi.ma.su

那就麻煩單人房3個晚上。

B ありがとうございます。

a.ri.ga.to.u.go.za.i.ma.su

謝謝。

お客様のパスポートをお願いいたします。

o.kya.ku.sa.ma.no./pa.su.po.o.to.o./o.ne.ga.i.i.ta.shi.ma.su

麻煩給我您的護照。

A はい、どうぞ。

ha.i　　do.u.zo

好的，在這裡。

MP3 043

•一點點補充•

你想住幾晚呢?→

1泊

i.ppa.ku

1晚

2泊

ni.ha.ku

2晚

3泊　　3泊

sa.n.pa.ku　　sa.n.ha.ku

3晚

4泊　　4泊

yo.n.ha.ku　　yo.n.pa.ku

4晚

5泊

go.ha.ku

5晚

6泊

ro.ppa.ku

6晚

なな はく
7泊
na.na.ha.ku
7 晚

はっぱく
8泊
ha.ppa.ku
8 晚

きゅうはく
9泊
kyu.u.ha.ku
9 晚

じゅっぱく
10泊
ju.ppa.ku
10 晚

你住在幾樓呢？→

いっかい
1階
i.kka.i
1 樓

にかい
2階
ni.ka.i
2 樓

さんがい
3階
sa.n.ga.i
3 樓

よんかい
4階
yo.n.ka.i
4 樓

ごかい
5階
go.ka.i
5樓

ろっかい
6階
ro.kka.i
6樓

044

ななかい
7階
na.na.ka.i
7樓

はっかい　　はちかい
8階　　8階
ha.kka.i　ha.chi.ka.i
8樓

きゅうかい
9階
kyu.u.ka.i
9樓

じゅっかい　　じっかい
10階　　10階
ju.kka.i　　ji.kka.i
10樓

▸住宿

●部屋を変えてもらえますか？

he.ya.o./ka.e.te.mo.ra.e.ma.su.ka
請問可以換房間嗎？

會話試一試

A すみません、部屋を変えてもらえますか？
su.mi.ma.se.n　he.ya.o./ka.e.te.mo.ra.e.ma.su.ka
不好意思，請問可以換房間嗎？

B どうなさいましたか？
do.u.na.sa.i.ma.shi.ta.ka
請問房間有什麼問題嗎？

A 部屋にタバコの臭いがあって…
he.ya.ni./ta.ba.ko.no./ni.o.i.ga./a.tte
房間有點菸味……

B 大変申し訳ございません。
ta.i.he.n./mo.u.shi.wa.ke.go.za.i.ma.se.n
非常抱歉。

今すぐほかの部屋をご用意させていただきます。

i.ma.su.gu./ho.ka.no.he.ya.o./go.yo.u.i.sa.se.te.i.ta.da.ki.ma.su

現在馬上幫您準備其他房間。

MP3 045

•一點點補充•

問題

✏ どうなさいましたか？

do.u.na.sa.i.ma.shi.ta.ka

請問房間有什麼問題嗎？

回答

✏ 部屋にタバコの臭いがあって…。

he.ya.ni./ta.ba.ko.no./ni.o.i.ga./a.tte

房間有點菸味……

✏ 隣がうるさくて…。

to.na.ri.ga./u.ru.sa.ku.te

隔壁有點吵……

✏ 一番奥の部屋はちょっと…。

i.chi.ba.n.o.ku.no./he.ya.wa./cho.tto

邊間有點……

✏ お願いした部屋と違うからです。

o.ne.ga.i.shi.ta.he.ya.to./chi.ga.u.ka.ra.de.su

和要求的房型不同。

モーニングコールをお願(ねが)いします。

mo.o.ni.n.gu./ko.o.ru.o./o.ne.ga.i.shi.ma.su

麻煩早上給我一通電話叫醒我。

會話試一試

A モーニングコールをお願(ねが)いします。

mo.o.ni.n.gu./ko.o.ru.o./o.ne.ga.i.shi.ma.su

麻煩早上給我一通電話叫醒我。

B はい、何時(なんじ)にしましょうか？

ha.i　na.n.ji.ni./shi.ma.sho.o.ka

好的，請問要幾點打呢？

A 朝8時(あさはちじ)に、お願(ねが)いします。

a.sa./ha.chi.ji.ni./ o.ne.ga.i.shi.ma.su

麻煩在早上8點的時候。

•一點點補充•

✎ 朝5時(あさごじ)

a.sa./go.ji

早上5點

✎ 朝5時半(あさごじはん)

a.sa./go.ji.ha.n

早上5點半

✎ 朝6時(あさろくじ)

a.sa./ro.ku.ji

早上6點

朝6時半
a.sa./ro.ku.ji.ha.n
早上6點半

朝7時
a.sa./shi.chi.ji
早上7點

朝7時半
a.sa./shi.chi.ji.ha.n
早上7點半

朝8時
a.sa./ha.chi.ji
早上8點

朝8時半
a.sa./ha.chi.ji.ha.n
早上8點半

朝9時
a.sa./ku.ji
早上9點

朝9時半
a.sa./ku.ji.ha.n
早上9點半

朝10時
a.sa./ju.u.ji
早上10點

更詳細的時間說法可以翻到P.300。

•朝食は何時から何時までですか？

cho.u.sho.ku.wa./na.n.ji.ka.ra./na.n.ji.ma.de.de.su.ka

請問早餐可以從幾點吃到到幾點？

會話試一試

A 朝食は何時から何時までですか？

cho.u.sho.ku.wa./na.n.ji.ka.ra./na.n.ji.ma.de.de.su.ka

請問早餐可以從幾點吃到幾點？

B 朝の５時から、１０時までです。

a.sa.no./go.ji.ka.ra　ju.u.ji.ma.de.de.su

早上5點開始到10點。

A わかりました。ありがとうございます。

wa.ka.ri.ma.shi.ta　a.ri.ga.to.u.go.za.i.ma.su

我知道了。謝謝。

•一點點補充•

✏ 夕食は何時から何時までですか？

yu.u.sho.ku.wa./na.n.ji.ka.ra./na.n.ji.ma.de.de.su.ka

請問晚餐可以從幾點吃到幾點？

✏ お風呂は何時から何時までですか？

o.fu.ro.wa./na.n.ji.ka.ra./na.n.ji.ma.de.de.su.ka

請問澡堂開放時間是幾點到幾點？

MP3 047

●Wi-Fi(ワイファイ)のパスワードを教(おし)えてもらえますか？

wa.i.fa.i.no./pa.su.wa.a.to.o./o.shi.e.te.mo.ra.e.ma.su.ka

可以告訴我Wi-Fi的密碼嗎？

會話試一試

A すみません、ここにWi-Fi(ワイファイ)はありますか？

su.mi.ma.se.n　ko.ko.ni./wa.i.fa.i.wa./a.ri.ma.su.ka

不好意思，請問這裡有Wi-Fi嗎？

B はい、ありますよ。

ha.i　a.ri.ma.su.yo

有的。

A Wi-Fi(ワイファイ)のパスワードを教(おし)えてもらえますか？

wa.i.fa.i.no./pa.su.wa.a.to.o./o.shi.e.te.mo.ra.e.ma.su.ka

可以告訴我Wi-Fi的密碼嗎？

B はい、パスワードはこの紙(かみ)に書(か)いてあります。

ha.i　pa.su.wa.a.do.wa./ko.no.ka.mi.ni./ka.i.te.a.ri.ma.su

好的，密碼寫在這張紙上。

●部屋番号を忘れました。

he.ya.ba.n.go.u.o./wa.su.re.ma.shi.ta

我忘記我的房間號碼了。

會話試一試

A 部屋番号を忘れました。

he.ya.ba.n.go.u.o./wa.su.re.ma.shi.ta

我忘記我的房間號碼了。

B お名前を教えていただけますか？

o.na.ma.e.o./o.shi.e.te.i.ta.da.ke.ma.su.ka

可以請教您的大名嗎？

A リン・イェー・ジューンです。

ri.n.ye.e.ju.u.n.de.su

林怡君。

B リン様のお部屋は816号室でございますよ。

ri.n.sa.ma.no./o.he.ya.wa./ha.chi.i.chi.ro.ku.go.u.shi.tsu.de.ga.za.i.ma.su.yo

林小姐的房間是816號房。

A ありがとうございます！

a.ri.ga.to.u.go.za.i.ma.su

謝謝！

● 鍵を部屋に置き忘れました。

ka.gi.o./he.ya.ni./o.ki.wa.su.re.ma.shi.ta

我把鑰匙忘在房間裡了。

會話試一試

A 鍵を部屋に置き忘れました。

ka.gi.o./he.ya.ni./o.ki.wa.su.re.ma.shi.ta

我把鑰匙忘在房間裡了。

B お部屋は何号室ですか？

o.he.ya.wa./na.n.go.u.shi.tsu.de.su.ka

請問您的房間號碼是幾號？

A 816 号室です。

ha.chi.i.chi.ro.ku.go.u.shi.tsu.de.su

816號房。

B では、スペアキーでお開けします。

de.wa. su.pe.a.ki.i.de./o.a.ke.shi.ma.su.

那麼，我用備份鑰匙幫您開門。

お部屋まで一緒に参りましょう。

o.he.ya.ma.de./i.ssho.ni.ma.i.ri.ma.sho.u

一起去您的房間吧。

●鍵(かぎ)を預(あず)かってもらえませんか？

ka.gi.o./a.zu.ka.tte./mo.ra.e.ma.se.n.ka
可以幫我保管鑰匙嗎？

會話試一試

(出門前)

A ちょっと出(で)かけるので、鍵(かぎ)を預(あず)かってもらえませんか？
cho.tto./de.ka.ke.ru.no.de　ka.gi.o./a.zu.ka.tte.mo.ra.e.ma.se.n.ka
我想出門，可以幫我保管鑰匙嗎？

B かしこまりました。いってらっしゃい。
ka.shi.ko.ma.ri.ma.shi.ta　i.tte.ra.ssha.i
好的。請慢走。

會話試一試

(回來時)

A 部屋(へや)の鍵(かぎ)をお願(ねが)いします。
he.ya.no.ka.gi.o./o.ne.ga.i.shi.ma.su
麻煩給我房間鑰匙。

B お部屋(へや)は何号室(なんごうしつ)ですか？
o.he.ya.wa./na.n.go.u.shi.tsu.de.su.ka
請問您的房間號碼是幾號？

A 816号室です。

ha.chi.i.chi.ro.ku.go.u.shi.tsu.de.su

816號房。

B はい、鍵をどうぞ。

ha.i　ka.gi.o./do.u.zo

好的，這是您的房間鑰匙。

MP3 049

•一點點補充•

鑰匙不是一定要給飯店保管，但是怕弄丟的話可以考慮給飯店保管哦！
拿回鑰匙的時候通常不會問什麼身分上的問題，只會問房間號碼，所以回到飯店要拿回鑰匙的時候也可以直接說房間號碼。

✏ 816号室の鍵をお願いします。

ha.chi.i.chi.ro.ku.go.u.shi.tsu.no./ka.gi.o./o.ne.ga.i.shi.ma.su

麻煩給我816號房的鑰匙。

● トイレが流(なが)れません。

to.i.re.ga./na.ga.re.ma.se.n

馬桶不能沖水。

會話試一試

(用飯店電話打給櫃檯)

A 816号室(はちいちろくごうしつ)です。

ha.chi.i.chi.ro.ku.go.u.shi.tsu.de.su.

這裡是816號房。

B はい、どうなさいましたか？

ha.i　　do.u.na.sa.i.ma.shi.ta.ka

好的，請問怎麼了嗎？

A トイレが流(なが)れません。

to.i.re.ga./na.ga.re.ma.se.n

馬桶不通。

B 大変(たいへん)ご迷惑(めいわく)をおかけして、申(もう)し訳(わけ)ございません。

ta.i.he.n./go.me.i.wa.ku.o./o.ka.ke.shi.te　　mo.u.shi.wa.ke.go.za.i.ma.se.n

造成您的困擾我們感到非常抱歉。

今(いま)すぐほかの部屋(へや)をご用意(ようい)させていただきます。

i.ma.su.gu./ho.ka.no.he.ya.o./go.yo.u.i.sa.se.te.i.ta.da.ki.ma.su

現在馬上幫您準備其他房間。

•一點點補充•

其他可能遇到的問題

✏ シャワーのお湯が出ません。
sha.wa.a.no./o.yu.ga./de.ma.se.n
淋浴沒有熱水。

✏ 蛇口から水が出てきません。
ja.gu.chi.ka.ra./mi.zu.ga./de.te.ki.ma.se.n
水龍頭的水沒有出來。

✏ エアコンが動きません。
e.a.ko.n.ga./u.go.ki.ma.se.n
空調無法運作。

✏ テレビが映りません。
te.re.bi.ga./u.tsu.ri.ma.se.n
電視打不開。

✏ テレビのリモコンが使えません。
te.re.bi.no./ri.mo.ko.n.ga./tsu.ka.e.ma.se.n
電視遙控器無法使用。

✏ 電球が切れています。
de.kyu.u.ga./ki.re.te.i.ma.su
燈泡沒亮。

● 部屋（へや）にタオルがありません。

he.ya.ni./ta.o.ru.ga./a.ri.ma.se.n

房裡沒有毛巾。

會話試一試

用飯店電話打給櫃檯

A 816号室（はちいちろくごうしつ）です。

ha.chi.i.chi.ro.ku.go.u.shi.tsu.de.su.ga

這裡是816號房。

B はい、どうなさいましたか？

ha.i do.u.na.sa.i.ma.shi.ta.ka

好的，請問怎麼了嗎？

A 部屋（へや）にタオルがありません。

he.ya.ni./ta.o.ru.ga./a.ri.ma.se.n

房裡沒有毛巾。

B 大変（たいへん）ご迷惑（めいわく）をおかけして、

ta.i.he.n./go.me.i.wa.ku.o./o.ka.ke.shi.te

造成您的困擾

申（もう）し訳（わけ）ございません。

mo.u.shi.wa.ke.go.za.i.ma.se.n

我們感到非常抱歉。

今すぐ部屋にお持ちいたします。少々お待ちください。

i.ma.su.gu./he.ya.ni./o.mo.chi.i.ta.shi.ma.su sho.u.sho.u.o.ma.chi.ku.da.sa.i

現在馬上拿到您的房間。請稍等。

•一點點補充•

✏ 部屋に(物品)がありません。

he.ya.ni./ ga./a.ri.ma.se.n

房間裡沒有(物品)

✏ 部屋に(タオル)がありません。

he.ya.ni./ ta.o.ru.ga./a.ri.ma.se.n

房間裡沒有(毛巾)

✏ 部屋に(シャンプー)がありません。

he.ya.ni./ sha.n.ppu.u.ga./a.ri.ma.se.n

房間裡沒有(洗髮精)

✏ 部屋に(トイレットペーパー)がありません。

he.ya.ni./to.i.re.tto.pe.e.pa.a.ga./a.ri.ma.se.n

房間裡沒有(廁所衛生紙)

可搭配P.60、61裡的單字。

•コインランドリーはありますか？

ko.i.n.ra.n.do.ri.i.wa./a.ri.ma.su.ka

請問有投幣式洗衣房嗎？

會話試一試

A すみません、コインランドリーはありますか？

su.mi.ma.se.n ko.i.n.ra.n.do.ri.i.wa./a.ri.ma.su.ka

不好意思，請問有投幣式洗衣房嗎？

B はい、あります。3階（さんがい）、5階（ごかい）と9階（きゅうかい）にあります。

ha.i a.ri.ma.su sa.n.ga.i go.ka.i.to./kyu.u.ka.i.ni./a.ri.ma.su

有的。在3樓、5樓和9樓。

A わかりました。ありがとうございます。

wa.ka.ri.ma.shi.ta a.ri.ga.to.u.go.za.i.ma.su

我知道了。謝謝。

•相關單字•

モーニングコール (Morning Call)

mo.o.ni.n.gu./ko.o.ru

早晨電話叫醒服務

鍵
ka.gi
鑰匙

スペアキー (Spare Key)
su.pe.a.ki.i
備份鑰匙

いってきます。
i.tte.ki.ma.su
我出門了 (還會回來)

いってらっしゃい。
i.tte.ra.ssha.i
請慢走

ただいま。
ta.da.i.ma
我回來了

お帰りなさい。
o.ka.e.ri.na.sa.i
歡迎回來

出かける
de.ka.ke.ru
出門

戻る
mo.do.ru
回來

シャワー
sha.wa.a
淋浴

お湯(ゆ)

o.yu

熱水

蛇口(じゃぐち)

ja.gu.chi

水龍頭

エアコン

e.a.ko.n

空調

テレビ

te.re.bi

電視

リモコン

ri.mo.ko.n

遙控器

電球(でんきゅう)

de.n.kyu.u

燈泡

タオル

ta.o.ru.

毛巾

トイレットペーパー

to.i.re.tto.pe.e.pa.a

廁所衛生紙

コインランドリー

ko.i.n.ra.n.do.ri.i

投幣式洗衣房

053

▶ 退房

● チェックアウトをお願(ねが)いします。

che.kku.a.u.to.o./o.ne.ga.i.shi.ma.su

麻煩幫我辦理退房。

會話試一試

A チェックアウトをお願(ねが)いします。

che.kku.a.u.to.o./o.ne.ga.i.shi.ma.su

麻煩幫我辦理退房。

B かしこまりました。

ka.shi.ko.ma.ri.ma.shi.ta

好的。

A 午後(ごご)5時(じ)まで荷物(にもつ)を預(あず)かってもらえませんか？

go.go./go.ji.ma.de./ni.mo.tsu.o./a.zu.ka.tte.mo.ra.e.ma.se.n.ka

請問能幫我保管行李到下午5點嗎？

B かしこまりました。

ka.shi.ko.ma.ri.ma.shi.ta

好的。

•一點點補充•

如果退房時間到還想請飯店保管一下行李的話，可以這麼說

✏ (午後5時)まで荷物を預かってもらえませんか？
go.go./go.ji.ma.de./ni.mo.tsu.o./a.zu.ka.tte.mo.ra.e.ma.se.n.ka
請問能幫我保管行李到（下午5點）嗎？

時間的說法

✏ 朝
a.sa
早上

✏ 昼
hi.ru
中午

✏ 夜
yo.ru
晚上

✏ 午前
go.ze.n
上午

✏ 午後
go.go
下午

✏ 午前11時
go.ze.n./ju.u.i.chi.ji
上午11點

✏ 昼１２時
hi.ru./ju.u.ni.ji
中午12點

✏ 午後２時
go.go./ni.ji
下午2點

✏ 午後３時
go.go./sa.n.ji
下午3點

✏ 午後４時
go.go./yo.ji
下午4點

✏ 午後６時
go.go./ro.ku.ji
下午6點

✏ 夜１０時
yo.ru./ju.u.ji
晚上10點

◈「1點半」、「2點半」等等的說法，只要在後面加個「半（はん）」就可以囉！
例如，「1時半（いちじはん）」、「2時半（にじはん）」……。
i.chi.ji.ha.n　ni.ji.ha.n

更詳細的時間說法可以翻到P.300。

●部屋に忘れ物をしました。

he.ya.ni./wa.su.re.mo.no.o./shi.ma.shi.ta

我把東西忘在房間了。

會話試一試

(離開飯店前)

A 部屋に忘れ物をしました。

he.ya.ni./wa.su.re.mo.no.o./shi.ma.shi.ta

我把東西忘在房間了。

部屋に取り戻ってもいいですか？

he.ya.ni./to.ri.mo.do.tte.mo.i.i.de.su.ka

可以回房間拿嗎？

B はい。お部屋は何号室ですか？

ha.i.　o.he.ya.wa./na.n.go.u.shi.tsu.de.su.ka

好的，請問房間號碼是幾號？

A 816号室です。

ha.chi.i.chi.ro.ku.go.u.shi.tsu.de.su

816號房。

B はい。どうぞ。

ha.i.　do.u.zo

好的，請。

MP3 055

●部屋に忘れ物をしたと思うのですが。

he.ya.ni./wa.su.re.mo.no.o.shi.ta./to.o.mo.u.no.de.su.ga

我好像把東西忘在房間了。

會話試一試

離開飯店後，在電話裡

A 部屋に忘れ物をしたと思うのですが…

he.ya.ni./wa.su.re.mo.no.o.shi.ta./to.o.mo.u.no.de.su.ga

我好像把東西忘在房間了。

B お部屋は何号室ですか？

o.he.ya.wa./na.n.go.u.shi.tsu.de.su.ka

請問房間號碼是幾號？

A 816 号室です。

ha.chi.i.chi.ro.ku.go.u.shi.tsu.de.su

816號房。

B お忘れ物は何ですか？

o.wa.su.re.mo.no.wa./na.n.de.su.ka

請問忘記的物品是什麼？

A 白(しろ)いカメラです。

shi.ro.i./ka.me.ra.de.su

一台白色的相機。

B かしこまりました。

ka.shi.ko.ma.ri.ma.shi.ta

好的。

少々(しょうしょう)お待(ま)ちください。

sho.u.sho.u.o.ma.chi.ku.da.sa.i

請稍等。

B 申(もう)し訳(わけ)ございませんが、

mo.u.shi.wa.ke./go.za.i.ma.se.n.ga

非常抱歉

816号室(はちいちろくごうしつ)にはカメラはございませんでした。

ha.chi.i.chi.ro.ku.go.u.shi.tsu.ni.wa./ka.me.ra.wa./go.za.i.ma.se.n.de.shi.ta

816號房裡沒有相機。

A そうですか。すみません、ありがとうございます。

so.u.de.su.ka su.mi.ma.se.n a.ri.ga.to.u.go.za.i.ma.su

這樣子啊！不好意思打擾了，謝謝。

●飯店住宿篇

MP3 056

● 海外に送ってもらえますか？

ka.i.ga.i.ni./o.ku.tte./mo.ra.e.ma.su.ka

可以幫我寄到國外嗎？

會話試一試

A 海外に送ってもらえますか？

ka.i.ga.i.ni./o.ku.tte./mo.ra.e.ma.su.ka

可以幫我寄到國外嗎？

B かしこまりました。

ka.shi.ko.ma.ri.ma.shi.ta

好的。

しかし、お送りする際お金がかかるのですが、よろしいでしょうか？

shi.ka.shi o.o.ku.ri.su.ru.sa.i./o.ka.ne.ga./ka.ka.ru.no.de.su.ga yo.ro.shi.i.de.sho.u.ka

但是，需要寄送費，可以接受嗎？

A はい、かまいません。

ha.i ka.ma.i.ma.se.n

可以，沒關係。

B お名前、住所、電話番号と

o.na.ma.e ju.u.sho de.n.wa.ba.n.go.u.to./

您的名字、住址、電話號碼，以及

クレジットカードは予約(よやく)したのと同(おな)じでしょうか？

ku.re.ji.tto.ka.a.do.wa./yo.ya.ku.shi.ta.no.to./o.na.ji.de.sho.u.ka

信用卡和預約時的相同嗎？

A はい。よろしくお願(ねが)いします。

ha.i　yo.ro.shi.ku.o.ne.ga.i.shi.ma.su

是的。麻煩你了。

•相關單字•

チェックアウト

che.kku.a.u.to

辦理退房手續

忘(わす)れ物(もの)

wa.su.re.mo.no

遺失物；遺留物

カメラ

ka.me.ra

相機

携帯電話(けいたいでんわ)

ke.i.ta.i./de.n.wa

手機

充電器(じゅうでんき)

ju.u.de.n.ki

充電器

四通八達

MP3 057

▸電車

說明

日本的鐵路非常多樣化，有JR、地下鐵和私鐵等，而各個路線的鐵路又不一定屬於同個公司，加上有些一日券或PASS等優惠票不一定同區的鐵路都可搭乘，因此，在使用時，要注意哪些線不可搭乘，以及哪些路線必須加錢才可以搭乘等相關規定哦！

● 切符売り場はどこですか？

ki.ppu./u.ri.ba.wa./do.ko.de.su.ka

請問售票處在哪裡？

會話試一試

A すみません、切符売り場はどこですか？

su.mi.ma.se.n ki.ppu./u.ri.ba.wa./do.ko.de.su.ka

不好意思，請問售票處在哪裡？

B まっすぐ行って、右手側にあります。

ma.ssu.gu./i.tte mi.gi.te.ga.wa.ni./a.ri.ma.su

從這裡直走，就在右手邊。

A わかりました。ありがとうございます。

wa.ka.ri.ma.shi.ta a.ri.ga.to.u.go.za.i.ma.su

我知道了。謝謝。

●この電車はスカイツリーに行きますか？

ko.no.de.n.sha.wa./su.ka.i.tsu.ri.i.ni./i.ki.ma.su.ka

請問這班電車有到晴空塔嗎？

會話試一試

A すみません、この電車はスカイツリーに行きますか？

su.mi.ma.se.n　ko.no.de.n.sha.wa./su.ka.i.tsu.ri.i.ni./i.ki.ma.su.ka

不好意思，請問這班電車有到晴空塔嗎？

B いいえ。スカイツリーに行きたいのであれば、

i.i.e　su.ka.i.tsu.ri.i.ni./i.ki.ta.i.no.de.a.re.ba

沒有　如果想去晴空塔的話，

浅草駅で東武スカイツリーラインに乗り換えてください。

a.sa.ku.sa.e.ki.de./to.u.bu./su.ka.i.tsu.ri.i.ra.i.n.ni./no.ri.ka.e.te.ku.da.sa.i

請先在淺草站轉搭東武晴空塔線。

•一點點補充•

✏ この電車は　(地點)　に行きますか？

ko.no.de.n.sha.wa.　　ni./i.ki.ma.su.ka

請問這班電車有到 (地點) 嗎？

•三鷹駅には快速の場合、止まりますか？

mi.ta.ka.e.ki.ni.wa./ka.i.so.ku.no./ba.a.i./to.ma.ri.ma.su.ka

請問快車會停三鷹站嗎？

會話試一試

A すみません、三鷹駅には快速の場合、止まりますか？

su.mi.ma.se.n mi.ta.ka.e.ki.ni.wa./ka.i.so.ku.no./ba.a.i to.ma.ri.ma.su.ka

不好意思，請問快車會停三鷹站嗎？

B はい、止まりますよ。次の各駅停車でも止まります。

ha.i to.ma.ri.ma.su.yo tsu.gi.no./ka.ku.e.ki.te.i.sha.de.mo./to.ma.ri.ma.su

是，會停喔！下一班的各站停車也會停。

A はい、ありがとうございます。

ha.i a.ri.ga.to.u.go.za.i.ma.su

好的，謝謝。

•一點點補充•

◈日本電車依停靠站數分為許多車種，月台上基本上都會有大看板說明各種電車會停靠的站，在搭車前先去確認一下會比較好哦！

◈JR的車廂多分有「自由席」和「指定席」之分，就是要搶位置和絕對有位置的差別。價錢也會有差。

◈搭乘「新幹線」、「特急」等列車，除了普通的「乘車券」還要再額外購買「特急券」。要進入月台時，兩張一起放入就可以了，出站也是。

MP3 059

日本電車(依停靠站數)

✏ 特急
to.kkyu.u
特別急行列車

✏ 急行
kyu.u.ko.u
急行列車

✏ 新快速
shi.n.ka.i.so.ku
新快車

✏ 快速
ka.i.so.ku
快車

✏ 各駅停車
ka.ku.e.ki.te.i.sha
各站皆停(類似台灣的區間車)

✏ 普通
fu.tsu.u
普通列車(類似台灣的區間車)

●終電(しゅうでん)は何時(なんじ)ですか？

shu.u.de.n.wa./na.n.ji.de.su.ka

請問最後一班電車是幾點？

會話試一試

A すみません、東京駅(とうきょうえき)に行(い)く終電(しゅうでん)は何時(なんじ)ですか？

su.mi.ma.se.n　to.u.kyo.u.e.ki.ni./i.ku./shu.u.de.n.wa./na.n.ji.de.su.ka

不好意思，請問往東京車站的最後一班電車是幾點？

B 24時(にじゅうよじ)でもありますよ。

ni.ju.u.yo.ji.de.mo./a.ri.ma.su.yo

凌晨12點也有喔！

A そうですか。ありがとうございます。

so.u.de.su.ka　a.ri.ga.to.u.go.za.i.ma.su

這樣子啊！　謝謝。

•一點點補充•

✏(地點) に行(い)く終電(しゅうでん)は何時(なんじ)ですか？

ni./i.ku./shu.u.de.n.wa./na.n.ji.de.su.ka

請問往 (地點) 的最後一班電車是幾點？

✏(東京駅(とうきょうえき)) に行(い)く終電(しゅうでん)は何時(なんじ)ですか？

to.u.kyo.u.e.ki.ni./i.ku./shu.u.de.n.wa./na.n.ji.de.su.ka

請問往(東京車站)的最後一班電車是幾點？

●払い戻しはできますか？

ha.ra.i.mo.do.shi.wa./de.ki.ma.su.ka

請問可以退票嗎？

會話試一試

A すみません、間違えて切符を買ってしまって、

su.mi.ma.se.n ma.chi.ga.e.te./ki.ppu.o./ka.tte.shi.ma.tte

不好意思，我買錯車票了，

払い戻しはできますか？

ha.ra.i.mo.do.shi.wa./de.ki.ma.su.ga

請問可以退票嗎？

B まだ使っていないので、返金できます。

ma.da./tsu.ka.tte.i.na.i.no.de he.n.ki.n.de.ki.ma.su

這張車票還沒使用，可以退票。

A では、お願いします。

de.wa o.ne.ga.i.shi.ma.su

那麻煩你了。

會話試一試

A すみません、電車に乗り遅れてしまって、

su.mi.ma.se.n de.n.sha.ni./no.ri.o.ku.re.te.shi.ma.tte

不好意思，我錯過電車了，

払い戻しはできますか？
ha.ra.i.mo.do.shi.wa./de.ki.ma.su.ka
請問可以退票嗎？

B 申し訳ございませんが、
mo.u.shi.wa.ke.go.za.i.ma.se.n.ga
非常抱歉，

指定席券の払い戻しはできません。
shi.te.i.se.ki.ke.n.no./ha.ra.i.mo.do.shi.wa./de.ki.ma.se.n
對號座的票券無法退票。

ですが、本日、自由席をご利用のお客様は
de.su.ga　ho.n.ji.tsu　ji.yu.u.se.ki.o./go.ri.yo.u.no./o.kya.ku.sa.ma.wa./
但是，今日若想搭乘自由座車廂的旅客

また手持ちの切符をご利用できます。
ma.ta./te.mo.chi.no./ki.ppu.o./go.ri.yo.u.de.ki.ma.su
還是可以使用車票搭乘。

A わかりました。ありがとうございます。
wa.ka.ri.ma.shi.ta　a.ri.ga.to.u.go.za.i.ma.su
我知道了。謝謝。

•一點點補充•

◈買新幹線的「指定席」會有2張票券，一張是「指定席券」，另一張是普通車票。錯過了要搭的車，仍舊可以使用另一張車票搭當天的自由座電車，但是「指定席券」會變無效且不能退票。所以，絕對不要忘記搭車時間哦！

•相關單字•

車站內的標示

自由席１－３号車
ji.yu.u.se.ki./i.chi.ka.ra.sa.n.go.u.sha
1-3號車廂為自由席

有些標示會省去「号車」。

15番のりば
ju.u.go.ba.n./no.ri.ba
15號月台

電車/列車がまいります。
de.n.sha re.ssha.ga./ma.i.ri.ma.su
電車/列車即將抵達

2列でお並びください。
ni.re.tsu.de./o.na.ra.bi.ku.da.sa.i
請排成兩列

優先座席
yu.u.se.n.za.se.ki
博愛座

女性専用車
jo.se.i./se.n.yo.u.sha
女性專用車廂

僅限女性搭乘的車廂，多有限定時間，大多是在通勤時間。

●相關單字●

車站相關單字

駅
e.ki
車站

電車
de.n.sha
電車

切符売り場
ki.ppu./u.ri.ba
售票處

精算機
se.i.sa.n.ki
補票機

改札口
ka.i.sa.tsu.gu.chi
剪票口

ホーム
ho.o.mu
月台

コインロッカー
ko.i.n.ro.kka.a
投幣式置物櫃

特急
to.kkyu.u
特別急行列車

急行

kyu.u.ko.u

急行列車

快速

ka.i.so.ku

快車

各駅停車

ka.ku.e.ki.te.i.sha

各站皆停 (類似台灣的區間車)

自由席

ji.yu.u.se.ki

自由座

指定席

shi.te.i.se.ki

對號座

乗車券

jo.u.sha.ke.n

乘車券

特急券

to.kkyu.u.ke.n

特急券

止まります

to.ma.ri.ma.su

停(車)

終電

shu.u.de.n

末班車

▸公車

說明

日本的公車通常是「從後門上車，在前門投錢再下車」，和台灣的公車相反。
上車時車門旁會有機器吐出「整理券（せいりけん）」，建議抽出，紙上會有一個數字，表示在哪一站上車。
看公車最前面的螢幕，對照著紙上的數字，就可以知道自己下車時要投多少錢了。數字是會隨著經過站數改變，並不是一上車看到的價錢就是要付的金額哦！
但是類似長途客運，如機場到市區的公車，通常是先買票再上車。也有些景點的短程公車不論哪站上、下車都是固定價錢。

●バスターミナルはどこですか？

ba.su./ta.a.mi.na.ru.wa./do.ko.de.su.ka

請問公車總站在哪裡？

會話試一試

A すみません、バスターミナルはどこですか？

su.mi.ma.se.n　ba.su./ta.a.mi.na.ru.wa./do.ko.de.su.ka

不好意思，請問公車總站在哪裡？

B この近くではないですが、近くにバス停があります。

ko.no.chi.ka.ku.de.wa.na.i.de.su.ga chi.ka.ku.ni./ba.su.te.i.ga./a.ri.ma.su

公車總站不在這附近，但是附近有公車站牌。

駅の入り口です。

e.ki.no./i.ri.gu.chi.de.su

在車站入口。

A わかりました。 ありがとうございます。

wa.ka.ri.ma.shi.ta. a.ri.ga.to.u.go.za.i.ma.su

好的。謝謝。

MP3 063

•一點點補充•

不是每個車站附近都有公車總站，如果只是想找公車站牌的話，可以說→

✏ この近くにバス停がありますか？

ko.no.chi.ka.ku.ni./ba.su.te.i.ga./a.ri.ma.su.ka

請問這附近有公車站牌嗎？

可參考「觀光旅遊篇-旅遊情報-這附近有投幣式置物櫃嗎？」的補充。

✏ ここから一番近いバス停はどこですか？

ko.ko.ka.ra./i.chi.ba.n.chi.ka.i./ba.su.te.i.wa./do.ko.de.su.ka

請問離這裡最近的公車站牌在哪裡？

可參考「觀光旅遊篇-旅遊情報-請問離這裡最近的便利商店在哪裡？」的補充。

● このバスは奈良公園(ならこうえん)に行(い)きますか？

ko.no.ba.su.wa./na.ra.ko.u.e.n.ni./i.ki.ma.su.ka
請問這班公車有到奈良公園嗎？

會話試一試

A すみません、このバスは奈良公園(ならこうえん)に行(い)きますか？
su.mi.ma.se.n　ko.no.ba.su.wa./na.ra.ko.u.e.n.ni./i.ki.ma.su.ka
不好意思，請問這班公車有到奈良公園嗎？

B はい、行(い)きます。
ha.i　　i.ki.ma.su
有的，有到。

A ありがとうございます。
a.ri.ga.to.u.go.za.i.ma.su
謝謝。

會話試一試

A すみません、このバスは奈良公園(ならこうえん)に行(い)きますか？
su.mi.ma.se.n　ko.no.ba.su.wa./na.ra.ko.u.e.n.ni./i.ki.ma.su.ka
不好意思，請問這班公車有到奈良公園嗎？

B いいえ、向かいのバス停から行きますよ。
i.i.e mu.ka.i.no./ba.su.te.i.ka.ra./i.ki.ma.su.yo
沒有，對面的公車站牌才有到哦。

A わかりました。ありがとうございます。
wa.ka.ri.ma.shi.ta　a.ri.ga.to.u.go.za.i.ma.su
我知道了。謝謝。

MP3 064

•一點點補充•

✏ このバスは（地點）に行きますか？
ko.no.ba.su.wa.　　ni./i.ki.ma.su.ka
請問這班公車有（地點）嗎？

✏ このバスは（奈良公園）に行きますか？
ko.no.ba.su.wa./na.ra.ko.u.e.n.ni./i.ki.ma.su.ka
請問這班公車有到（奈良公園）嗎？

✏ このバスは（金閣寺）に行きますか？
ko.no.ba.su.wa./ki.n.ka.ku.ji.ni./i.ki.ma.su.ka
請問這班公車有到（金閣寺）嗎？

✏ このバスは（平安神宮）に行きますか？
ko.no.ba.su.wa./he.i.a.n.ji.n.gu.u.ni./i.ki.ma.su.ka
請問這班公車有到（平安神宮）嗎？

●銀座に行くバス停はどこですか？

gi.n.za.ni./i.ku./ba.su.te.i.wa./do.ko.de.su.ka

請問往銀座的公車站牌在哪裡？

會話試一試

A すみません、銀座に行くバス停はどこですか？

su.mi.ma.se.n gi.n.za.ni./i.ku./ba.su.te.i.wa./do.ko.de.su.ka

不好意思，請問往銀座的公車站牌在哪裡？

B 向かい側ですよ。

mu.ka.i.ga.wa.de.su.yo

在對面哦！

ここのバス停は逆の方向に向かいます。

ko.ko.no./ba.su.te.i.wa./gya.ku.no./ho.u.ko.u.ni./mi.ka.i.ma.su

這邊的公車站牌是反方向的。

A わかりました。ありがとうございます。

wa.ka.ri.ma.shi.ta a.ri.ga.to.u.go.za.i.ma.su

我知道了。謝謝。

•一點點補充•

(地點) に行くバス停はどこですか？

ni./i.ku./ba.su.te.i.wa./do.ko.de.su.ka

請問往 (地點) 的公車站牌在哪裡？

● 次(つぎ)のバスはいつ来(き)ますか？

tsu.gi.no.ba.su.wa./i.tsu./ki.ma.su.ka

請問下一班公車什麼時候來？

會話試一試

A すみません、次(つぎ)のバスはいつ来(き)ますか？

su.mi.ma.se.n　tsu.gi.no.ba.su.wa./i.tsu./ki.ma.su.ka

不好意思，請問下一班公車什麼時候來？

B どこに行(い)きたいですか？

do.ko.ni./i.ki.ta.i.de.su.ka

你想去哪裡呢？

A キャナルシティーに行(い)きたいです。

kya.na.ru./shi.ti.i.ni./i.ki.ta.i.de.su

我想去博多運河城。

B そこに行(い)くバスは多(おお)いので、たぶんもうすぐだと思(おも)います。

so.ko.ni./i.ku.ba.su.wa./o.o.i.no.de　ta.bu.n./mo.u.su.gu.da.to./o.mo.i.ma.su

到那裡的公車很多，我想應該很快就來了。

說明

市區通常一個公車站就有很多線的公車經過，尤其觀光客常去的景點很多線的公車都會到。搭車前可以看一下公車站牌附近貼的路線圖哦！

•相關單字•

せいりけん
整理券
se.i.ri.ke.n
公車上，印有可對照車資的號碼券

バスターミナル (Bus terminal)
ba.su./ta.a.mi.na.ru
公車總站

ちか
近く
chi.ka.ku
附近

てい
バス停
ba.su.te.i
公車站

い ぐち
入り口
i.ri.gu.chi
入口

で ぐち
出口
de.gu.chi
出口

ひ じょうぐち
非常口
hi.jo.u.gu.chi
緊急出口

ぎゃく
逆
gya.ku
相反

次（つぎ）
tsu.gi
下次

いつ
i.tsu
什麼時候

多（おお）い
o.o.i
多的

少（すく）ない
su.ku.na.i
少的

たぶん
ta.bu.n
大概；或許

▸計程車

說明

日本計程車多數為自動開門關門，所以上下車時不要急著拉車門把哦！
若想在路邊招計程車，可以先注意那台車是否有在營業，各種計程車目前的狀況都可以看車頂上的螢幕或司機旁的螢幕顯示了解。

「空車」：表示沒有載任何行李或客人，歡迎搭乘！

無法搭乘的狀況

「予約」：表示這台車被預約了。

「貸切」：表示這台計程車被包下來了。

「迎車」：表示在接客人的路上。

「賃走」：表示正在載客中。

「支払」：表示客人正在結帳。

「回送」：表示這台計程車可能要去休息、加油或回公司了。

其他表示

「割増」：表示搭這台計程車可能需要因為一些理由加錢。
通常是因為過了太晚，或是冬天時在北海道等下雪地區因路面難行而加錢。

●（タクシーの）初乗り料金はいくらですか？

(ta.ku.shi.i.no.) /ha.tsu.no.ri.ryo.u.ki.n.wa./i.ku.ra.de.su.ka

請問 (計程車的) 起跳價多少？

會話試一試

A すみません、（タクシーの）初乗り料金はいくらですか？

su.mi.ma.se.n (ta.ku.shi.i.no.) /ha.tsu.no.ri.ryo.u.ki.n.wa./i.ku.ra.de.su.ka

不好意思，請問 (計程車的) 起跳價多少？

B ７３０円です。

na.na.hya.ku./sa.n.ju.u.e.n.de.su

730 日圓。

A では、ここから一番近い地下鉄の駅までお願いします。

de.w ako.ko.ka.ra./i.chi.ba.n.chi.ka.i.chi.ka.te.tsu.no./e.ki.ma.de./o.ne.ga.i.shi.ma.su

那麻煩到離這裡最近的地下鐵車站。

B はい、わかりました。

ha.i wa.ka.ri.ma.shi.ta

好的，我知道了。

一點點補充

✏ 初乗り料金　=　初乗り運賃
ha.tsu.no.ri.ryo.u.ki.n　ha.tsu.no.ri.u.n.chi.n
起跳價

通常計程車車門上都會貼有起跳價的金額，如果想知道可以稍微注意哦！

如果想問哪裡可以招呼計程車，可以說→

✏ どこでタクシーに乗れますか？
do.ko.de./ta.ku.shi.i.ni./no.re.ma.su.ka
請問哪裡可以搭到計程車？

✏ タクシー乗り場はどこですか？
ta.ku.shi.i.no.ri.ba.wa./do.ko.de.su.ka
請問計程車搭乘處在哪裡？

可參考P.39的補充。

MP3 068

●ここまでお願(ねが)いします。

ko.ko.ma.de./o.ne.ga.i.shi.ma.su

麻煩到這裡。(指著地圖)

會話試一試

A どこに行(い)きたいですか？

do.ko.ni./i.ki.ta.i.de.su.ka

請問想去哪裡呢？

B ここまでお願(ねが)いします。

ko.ko.ma.de./o.ne.ga.i.shi.ma.su

麻煩到這裡。(指著地圖)

A 駅(えき)ですね。わかりました。

e.ki.de.su.ne　wa.ka.ri.ma.shi.ta

車站對嗎？我知道了。

A どこに行(い)きたいですか？

do.ko.ni./i.ki.ta.i.de.su.ka

請問想去哪裡呢？

B ここまでお願(ねが)いします。

ko.ko.ma.de./o.ne.ga.i.shi.ma.su

麻煩到這裡。(指著地圖)

A はい、わかりました。

ha.iwa.ka.ri.ma.shi.ta

好的，我知道了。

B あの、3時の電車なので、少し急いで頂けませんか？

a.no sa.n.ji.no./de.n.sha.na.no.de su.ko.shi./i.so.i.de.i.ta.da.ke.ma.se.n.ka

那個，我要搭 3 點的電車，請問可以開快一點嗎？

A あ、はい、わかりました。

a ha.i wa.ka.ri.ma.shi.ta

啊！ 好的，我知道了。

•一點點補充•

✏(地點) までお願いします。

ma.de./o.ne.ga.i.shi.ma.su

麻煩到 (地點) 。

✏(渋谷駅) までお願いします。

shi.bu.ya.e.ki/ma.de./o.ne.ga.i.shi.ma.su

麻煩到 (澀谷車站) 。

✏(明治神宮) までお願いします。

me.i.ji.ji.n.gu.u/ma.de./o.ne.ga.i.shi.ma.su

麻煩到 (明治神宮) 。

如果想去最近的車站可以說→

✏(ここから一番近い駅) までお願いします。

ko.ko.ka.ra./i.chi.ba.n.chi.ka.i.e.ki/ma.de./o.ne.ga.i.shi.ma.su

麻煩到 (最近的車站) 。

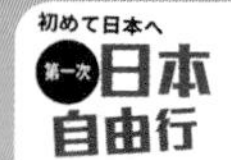

MP3 069

•ここまでいくらですか？

ko.ko.ma.de./i.ku.ra.de.su.ka

請問到這裡大約多少錢？(指著地圖)

會話試一試

A すみません、ここまでいくらですか？

su.mi.ma.se.n ko.ko.ma.de./i.ku.ra.de.su.ka

不好意思，請問到這裡多少錢？(指著地圖)

B ここまで大体2000円ぐらいだと思います。

ko.ko.ma.de./da.i.ta.i./ni.se.n.e.n.gu.ra.i.da.to./o.mo.i.ma.su

到這裡大約2000日圓左右。

A では、ここまでお願いします。

de.wa ko.ko.ma.de./o.ne.ga.i.shi.ma.su

那麻煩到這裡。

會話試一試

A すみません、ここまでいくらですか？

su.mi.ma.se.n ko.ko.ma.de./i.ku.ra.de.su.ka

不好意思，請問到這裡多少錢？(指著地圖)

B ここまで大体2000円ぐらいだと思います。

ko.ko.ma.de./da.i.ta.i./ni.se.n.e.n.gu.ra.i.da.to./o.mo.i.ma.su

到這裡大約2000日圓左右。

A 5人、乗れますか？

go.ni.n　no.re.ma.su.ka

5個人可以搭嗎？

B 5人は、3人と2人に分けたらいいと思います。

go.ni.n.wa　sa.n.ni.n.to./fu.ta.ri.ni./wa.ke.ta.ra.i.i.to./o.mo.i.ma.su

5個人，分成3人和兩人會比較好。

•一點點補充•

日本的計程車大都是普通轎車，規定上是無法載5位客，但其中若包含小孩，則要看小孩年齡而定。

✏ (地點) までいくらですか？

ma.de./i.ku.ra.de.su.ka

請問到 (地點) 大約多少錢？

✏ (東横インホテル) までいくらですか？

to.u.yo.ko.i.n./ho.te.ru./ma.de./i.ku.ra.de.su.ka

請問到 (東橫inn商務旅館) 大約多少錢？

✏ (福岡タワー) までいくらですか？

fu.ku.o.ka.ta.wa.a./ma.de./i.ku.ra.de.su.ka

請問到 (福岡塔) 大約多少錢？

✏ (ここから一番近い駅) までいくらですか？

ko.ko.ka.ra./i.chi.ba.n.chi.ka.i.e.ki./ma.de./i.ku.ra.de.su.ka

請問到 (最近的車站) 大約多少錢？

●ここまでどのくらいかかりますか？

ko.ko.ma.de./do.no.ku.ra.i./ka.ka.ri.ma.su.ka

請問到這裡要多久？(指著地圖)

會話試一試

A すみません、ここまでどのくらいかかりますか？

su.mi.ma.se.n　ko.ko.ma.de./do.no.ku.ra.i./ka.ka.ri.ma.su.ka

不好意思，請問到這裡要多久？(指著地圖)

B ここまで大体(だいたい)１０分(じゅっぷん)ぐらいだと思(おも)います。

ko.ko.ma.de./da.i.ta.i./ju.ppu.n.gu.ra.i.da.to./o.mo.i.ma.su

到這裡大約要花 10分鐘左右。

•一點點補充•

✏(地點) までどのくらいかかりますか？

ma.de./do.no.ku.ra.i./ka.ka.ri.ma.su.ka

請問到 (地點) 要多久？

✏(ここから一番近(いちばんちか)い駅(えき)) までどのくらいかかりますか？

ko.ko.ka.ra./i.chi.ba.n.chi.ka.i.e.ki./ma.de./do.no.ku.ra.i./ka.ka.ri.ma.su.ka

請問到 (最近的車站) 要多久？

●荷物（にもつ）をトランクに入（い）れていいですか？

ni.mo.tsu.o./to.ra.n.ku.ni./i.re.te./i.i.de.su.ka

請問行李可以放在後車廂嗎？

會話試一試

A どこに行（い）きたいですか？

do.ko.ni./i.ki.ta.i.de.su.ka

請問想去哪裡呢？

B ここまでお願（ねが）いします。

ko.ko.ma.de./o.ne.ga.i.shi.ma.su

麻煩到這裡。（指著地圖）

A わかりました。

wa.ka.ri.ma.shi.ta

好的。

B 荷物（にもつ）をトランクに入（い）れていいですか？

ni.mo.tsu.o./to.ra.n.ku.ni./i.re.te./i.i.de.su.ka

請問行李可以放在後車廂嗎？

A はい、もちろんです。

ha.i　　mo.chi.ro.n.de.su

可以，當然可以。

搭乘時可能使用到的句子

✏ 5人、乗れますか？
go.ni.n　no.re.ma.su.ka
5個人可以搭嗎？

✏ 少し急いで頂けませんか？
su.ko.shi./i.so.i.de.i.ta.da.ke.ma.se.n.ka
可以稍微開快一點嗎？

✏ ここで降ります。
ko.ko.de./o.ri.ma.su
我要在這裡下車。

✏ 手前で降りることができますか？
te.ma.e.de./o.ri.ru.ko.to.ga./de.ki.ma.su.ka
請問可以在前面一點下車嗎？

•相關單字•

初乗り料金
ha.tsu.no.ri.ryo.u.ki.n
起跳費用

初乗り運賃
ha.tsu.no.ri.u.n.chi.n
起跳車資

料金
ryo.u.ki.n
費用

うんちん
運賃
u.n.chi.n
車資；運費

ち か てつ
地下鉄
chi.ka.te.tsu
地下鐵

だいたい
大体
da.i.ta.i
大約

いちば
市場
i.chi.ba
市場

スーパー (Super)
su.u.pa.a
超市；賣場
スーパーマーケット (Supermarket) 的略稱。
su.u.pa.a./ma.a.ke.tto

トランク
to.ra.n.ku
後車箱

放鬆大吃

MP3 072

▸進入餐廳

●閉店(へいてん)は何時(なんじ)ですか？
he.i.te.n.wa./na.n.ji.de.su.ka
請問幾點打烊？

會話試一試

A 閉店(へいてん)は何時(なんじ)ですか？
he.i.te.n.wa./na.n.ji.de.su.ka
請問幾點打烊？

B 22時(にじゅうにじ)です。ラストオーダーは21時(にじゅういちじ)です。
ni.ju.u.ni.ji.de.su ra.su.to.o.o.da.a.wa./ni.ju.u.i.chi.ji.de.su
10點。最後點餐時間是9點。

A はい。では、お願(ねが)いします。
ha.i de.wa o.ne.ga.i.shi.ma.su
好的。那麻煩你了。

B はい、こちらへどうぞ。
ha.i ko.chi.ra.e./do.u.zo
好的，請坐這裡。

MP3 073

●喫煙席はありますか？

ki.tsu.e.n.se.ki.wa./a.ri.ma.su.ka

請問有吸菸席嗎？

會話試一試

A すみません、喫煙席はありますか？

su.mi.ma.se.n　ki.tsu.e.n.se.ki.wa./a.ri.ma.su.ka

請問有吸菸席嗎？

B 申し訳ございませんが、弊店はすべて禁煙席です。

mo.u.shi.wa.ke.go.za.i.ma.se.n.ga　he.i.te.n.wa./su.be.te.ki.n.e.n.se.ki.de.su

非常抱歉，店內都是禁菸席。

A そうですか。すみません、ありがとうございます。

so.u.de.su.ka　su.mi.ma.se.n　a.ri.ga.to.u.go.za.i.ma.su

這樣子啊！ 不好意思打擾了，謝謝。

說明

日本店內基本上是禁菸的，就算可以抽菸的店也會分成「喫煙席（吸菸席）」和「禁煙席（禁菸席）」。

●2人ですが、席がありますか？

fu.ta.ri.de.su.ga　se.ki.ga./a.ri.ma.su.ka

我們有2個人，請問有位置嗎？

會話試一試

A 2人ですが、席がありますか？

fu.ta.ri.de.su.ga　se.ki.ga./a.ri.ma.su.ka

我們有2個人，請問還有位置嗎？

B お客様はご予約いただいていますか？

o.kya.ku.sa.ma.wa./go.yo.ya.ku.i.ta.da.i.te.i.ma.su.ka

請問您有預約嗎？

A 予約していませんが…

yo.ya.ku.shi.te.i.ma.se.n.ga

我們沒有預約……

B では、こちらの用紙にお名前をご記入ください。

de.wa　ko.chi.ra.no./yo.u.shi.ni./o.na.ma.e.o./go.ki.nyu.u.ku.da.sa.i

那麼，請在這張紙上寫上您的姓名。

席が空きましたら、お呼びいたします。

se.ki.ga./a.ki.ma.shi.ta.ra　o.yo.bi.i.ta.shi.ma.su

如果有位置，會馬上叫您。

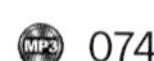

▶餐廳點餐

•何名様（なんめいさま）ですか？

na.n.me.i.sa.ma.de.su.ka

請問幾位？

會話試一試

A 何名様（なんめいさま）ですか？

na.n.me.i.sa.ma.de.su.ka

請問幾位？

B 4人（よにん）です。

yo.ni.n.de.su

4個人

A 4名様（よんめいさま）ですね。こちらへどうぞ。メニューをご覧（らん）ください。

yo.n.me.i.sa.ma.de.su.ne. ko.chi.ra.e./do.u.zo.
me.nyu.u.o./go.ra.n.ku.da.sa.i

4位嗎？請坐這裡。請看菜單。

•一點點補充•

一踏入店哩，通常會聽到店員這麼說→

✏何名様（なんめいさま）ですか？

na.n.me.i.sa.ma.de.su.ka

請問幾位？

回答→

ひとり
✏ 1人
hi.to.ri
1個人

ふたり
✏ 2人
fu.ta.ri
2個人

さんにん
✏ 3人
sa.n.ni.n
3個人

よにん
✏ 4人
yo.ni.n
4個人

ごにん
✏ 5人
go.ni.n
5個人

ろくにん
✏ 6人
ro.ku.ni.n
6個人

ななにん
✏ 7人
na.na.ni.n
7個人

更詳細的人數説法可以翻到P.309

•持ち帰りはできますか？

mo.chi.ka.e.ri.wa./de.ki.ma.su.ka

請問可以外帶嗎？

A すみません、持ち帰りはできますか？

su.mi.ma.se.n.mo.chi.ka.e.ri.wa./de.ki.ma.su.ka

不好意思，請問可以外帶嗎？

B できますが、

de.ki.ma.su.ga

可以，

一部の料理は持ち帰りできなくて、

i.chi.bu.no./ryo.u.ri.wa./mo.chi.ka.e.ri.de.ki.na.ku.te

但是有一部分的料理沒辦法外帶，

よろしいでしょうか？

yo.ro.shi.i.de.sho.u.ka

可以嗎？

A 大丈夫です。

da.i.jo.u.bu.de.su

沒關係。

●中国語（ちゅうごくご）のメニューはありますか？

chu.u.go.ku.go.no./me.nyu.u.wa./a.ri.ma.su.ka

有中文菜單嗎？

會話試一試

A 中国語（ちゅうごくご）のメニューはありますか？

chu.u.go.ku.go.no./me.nyu.u.wa./a.ri.ma.su.ka

有中文菜單嗎？

B 申（もう）し訳（わけ）ございませんが、中国語（ちゅうごくご）のはありません。

mo.u.shi.wa.ke.go.za.i.ma.se.n.ga　chu.u.go.ku.go.no.wa./a.ri.ma.se.n

很抱歉，我們沒有中文菜單。

英語（えいご）のメニューはありますが、いかがでしょうか？

e.i.go.no./me.nyu.u.wa./a.ri.ma.su.ga　i.ka.ga.de.sho.u.ka

但有英文菜單，可以嗎？

A はい。お願（ねが）いします。

ha.i　o.ne.ga.i.shi.ma.su

好的。麻煩您了。

076

ご注文(ちゅうもん)はお決(き)まりでしょうか？

go.chu.u.mo.n.wa./o.ki.ma.ri.de.sho.u.ka
請問需要點餐了嗎？

會話試一試

A ご注文(ちゅうもん)はお決(き)まりでしょうか？
go.chu.u.mo.n.wa./o.ki.ma.ri.de.sho.u.ka
請問需要點餐了嗎？

B まだです。もう少(すこ)し待(ま)ってください。
ma.da.de.su mo.u.su.ko.shi./ma.tte.ku.da.sa.i
還沒好。請再等一下。

A はい。ご注文(ちゅうもん)が決(き)まりましたら、お知(し)らせください。
ha.i go.chu.u.mo.n.ga./ki.ma.ri.ma.shi.ta.ra.
o.shi.ra.se.ku.da.sa.i
好的。那如果決定好了的話，請通知我。

B はい。
ha.i
好。

一點點補充

此句為服務生所說，注意對話中 B 的回答。
若是已決定好餐點，可以簡單地回答→ **はい。**
ha.i

● 今注文(いまちゅうもん)してもいいですか？

i.ma./chu.u.mo.n.shi.te.mo./i.i.de.su.ka

請問現在可以點餐嗎？

會話試一試

A すみません、今注文(いまちゅうもん)してもいいですか？

su.mi.ma.se.n　i.ma./chu.u.mo.n.shi.te.mo./i.i.de.su.ka

不好意思，現在可以點餐嗎？

B はい、お伺(うかが)いします。

ha.i　o.u.ka.ga.i.shi.ma.su

好的，請說。

A これとAセットでお願(ねが)いします。

ko.re.to./A.se.tto.de./o.ne.ga.i.shi.ma.su

這個和A套餐，麻煩你了。

B サーモンのペペロンチーノと A セットですね。

sa.a.mo.n.no./pe.pe.ro.n.chi.i.no.to./A.se.tto.de.su.ne

是鮭魚香蒜辣椒義大利麵和A套餐。

かしこまりました。

ka.shi.ko.ma.ri.ma.shi.ta

我知道了。

MP3 077

ドリンクは何(なに)になさいますか？

do.ri.n.ku.wa./na.ni.ni.na.sa.i.ma.su.ka

請問有想喝什麼嗎？

會話試一試

A ドリンクは何(なに)になさいますか？

do.ri.n.ku.wa./na.ni.ni.na.sa.i.ma.su.ka

請問有想喝什麼嗎？

B ミルクティーをお願(ねが)いします。

mi.ru.ku.ti.i.o./o.ne.ga.i.shi.ma.su

麻煩給我奶茶。

會話試一試

A ドリンクは何(なに)になさいますか？

do.ri.n.ku.wa./na.ni.ni.na.sa.i.ma.su.ka

請問有想喝什麼嗎？

B 大丈夫(だいじょうぶ)です。

da.i.jo.u.bu.de.su

不用了。

一點點補充

此句為服務生所説，注意對話中B的回答。
若需要飲料，可直接説出飲料名。

•おすすめは何(なん)ですか？

o.su.su.me.wa./na.n.de.su.ka

有什麼推薦的嗎？

會話試一試

A おすすめは何(なん)ですか？

o.su.su.me.wa./na.n.de.su.ka

有什麼推薦的嗎？

B 弊店人気No.1(へいてんにんきナンバーワン)のカレードリアはいかがでしょうか？

he.i.te.n./ni.ki.na.n.ba.a.wa.n.no./ka.re.e.do.ri.a.wa./i.ka.ga.de.sho.u.ka

本店人氣第一的咖哩焗烤如何？

A では、それにします。

de.wa.　so.re.ni.shi.ma.su

那麼，就那個吧。

•一點點補充•

一般來説，問店員推薦的料理時，店員會直接指菜單，如果店員沒有指的話，可以説→

✏ メニューを指(ゆび)さしてもらえますか？

me.nyu.u.o./yu.bi.sa.shi.te.mo.ra.e.ma.su.ka

可以在菜單上指給我看嗎？

●これをください。

ko.re.o./ku.da.sa.i

請給我這個。

會話試一試

A これをください。

ko.re.o./ku.da.sa.i

請給我這個。 (手指著菜單上的料理)

B カレーライスですね。お飲(の)み物(もの)は、いかがいたしましょうか？

ka.re.e.ra.i.su.de.su.ne.　o.no.mi.mo.no.wa.i.ka.ga.i.ta.shi.ma.sho.u.ka

咖哩飯嗎？那有想要喝什麼嗎？

A ミルクティーをください。

mi.ru.ku.ti.i.o./ku.da.sa.i

請給我奶茶

B かしこまりました。以上(いじょう)でよろしいでしょうか？

ka.shi.ko.ma.ri.ma.shi.ta　i.jo.u.de./yo.ro.shi.i.de.sho.u.ka

我知道了。這樣就可以了嗎？

A はい。

ha.i

是的。

•一點點補充•

這是點餐時的一種說法，跟店員要湯匙之類或是購物時若有想要的東西也可以用。

✏ （名詞）をください。
o./ku.da.sa.i
請給我（名詞）

✏ （これ）をください。
ko.re.o./ku.da.sa.i
請給我（這個）

✏ （Aセット）をください。
se.tto.o./ku.da.sa.i
請給我（A套餐）

✏ （お水（みず））をください。
o.mi.zu.o./ku.da.sa.i
請給我（水）

MP3 079

●タマネギを抜いてもらえますか？

ta.ma.ne.gi.o./nu.i.te.mo.ra.e.ma.su.ka

可以不要加洋蔥嗎？

會話試一試

A これはタマネギを使っていますか？

ko.re.wa./ta.ma.ne.gi.o./tsu.ka.tte.i.ma.su.ka

請問這個有加洋蔥嗎？(指著菜單)

B はい、ございます。

ha.i go.za.i.ma.su

是的，有加。

A タマネギを抜いてもらえますか？

ta.ma.ne.gi.o./nu.i.te.mo.ra.e.ma.su.ka

可以不要加洋蔥嗎？

B はい、わかりました。

ha.i wa.ka.ri.ma.shi.ta

好的，我知道了。

•一點點補充•

✏ (食材) を抜いてもらえますか？

o./nu.i.te.mo.ra.e.ma.su.ka

可以不要加 (食材) 嗎？

✏ (玉葱(たまねぎ))を抜(ぬ)いてもらえますか？
ta.ma.ne.gi.o./nu.i.te.mo.ra.e.ma.su.ka
可以不要加（洋蔥）嗎？

✏ (葱(ねぎ))を抜(ぬ)いてもらえますか？
ne.gi.o/nu.i.te.mo.ra.e.ma.su.ka
可以不要加（蔥）嗎？

✏ (パクチー)を抜(ぬ)いてもらえますか？
pa.ku.chi.i.o./nu.i.te.mo.ra.e.ma.su.ka
可以不要加（香菜）嗎？

•相關單字•

常見食材

玉葱(たまねぎ)
ta.ma.ne.gi
洋蔥

葱(ねぎ)
ne.gi
蔥

ニラ
ni.ra
韭菜

大蒜(にんにく)
ni.n.ni.ku
蒜頭

MP3 080

パクチー
pa.ku.chi.i
香菜

セロリ
se.ro.ri
芹菜

ニンジン
ni.n.ji.n
紅蘿蔔

だいこん
大根
da.i.ko.n
白蘿蔔

ぶたにく
豚肉
bu.ta.ni.ku
豬肉

ぎゅうにく
牛肉
gyu.u.ni.ku
牛肉

さかな
魚
sa.ka.na
魚

えび
海老
e.bi
蝦子

•相關單字•

菜單上常見的字

食べ放題
ta.be.ho.u.da.i
吃到飽

飲み放題
no.mi.ho.u.da.i
喝到飽

ソフトドリンク (Soft Drink)
so.fu.to./do.ri.n.ku
無酒精飲料

アルコールドリンク (Alcohol Drink)
a.ru.ko.o.ru./do.ri.n.ku
酒精飲料

しゃぶしゃぶ
sha.bu.sha.bu
涮涮鍋

焼肉
ya.ki.ni.ku
燒肉

•相關單字•

メニュー
me.nyu.u
菜單

MP3 081

ご覧(らん)ください
go.ra.n.ku.da.sa.i
請看（敬語）

持(も)ち帰(かえ)り
mo.chi.ka.e.ri
外帶

注文(ちゅうもん)
chu.u.mo.n
點餐

おすすめ
o.su.su.me
推薦

弊店(へいてん)
he.i.te.n
小店（稱自己的店）

カレー
ka.re.e
咖哩

カレーライス
ka.re.e.ra.i.su
咖哩飯

アイスコーヒー
a.i.su.ko.o.hi.i
冰咖啡

ミルクティー
mi.ru.ku.ti.i
奶茶

▶用餐中

●スプーンをください。

su.pu.u.n.o./ku.da.sa.i

請給我湯匙。

會話試一試

A すみません、スプーンをください。

su.mi.ma.se.n　su.pu.u.n.o./ku.da.sa.i

不好意思，請給我湯匙。

B はい、何本(なんぼん)いりますか？

ha.i　na.n.bo.n./i.ri.ma.su.ka

好的，請問需要幾支？

A 2本(にほん)、お願(ねが)いします。

ni.ho.n　o.ne.ga.i.shi.ma.su

麻煩給我2支。

B かしこまりました。少々(しょうしょう)お待(ま)ちください。

ka.shi.ko.ma.ri.ma.shi.ta sho.u.sho.u.o.ma.chi.ku.da.sa.i

好的。請稍等。

說明

湯匙的單位：本

細長的東西單位幾乎都是「本」，像是鉛筆、雨傘等等。

問題

✏ 何本（なんぼん）いりますか？

na.n.bo.n./i.ri.ma.su.ka

請問需要幾支？

回答

✏ 1本（いっぽん）

i.ppo.n

1支（把、根……）

✏ 2本（にほん）

ni.ho.n

2支（把、根……）

✏ 3本（さんぼん）

sa.n.bo.n

3支（把、根……）

✏ 4本（よんほん）

yo.n.ho.n

4支（把、根……）

✏ 5本（ごほん）

go.ho.n

5支（把、根……）

✏ 6本（ろっぽん）

ro.ppo.n

6支（把、根……）

更詳細的單位說法可以翻到「數字總整理—單位—瓶裝、湯匙、鉛筆」(P.313)。

●注文（ちゅうもん）したものがまだ来（き）ていないんですが。

chu.u.mo.n.shi.ta.mo.no.ga./ma.da./ki.te.i.na.i.n.de.su.ga

我點的東西還沒來。

會話試一試

A すみません、注文（ちゅうもん）したものがまだ来（き）ていないんですが…

su.mi.ma.se.n chu.u.mo.n.shi.ta.mo.no.ga./ma.da./ki.te.i.na.i.n.de.su.ga

不好意思，我點的東西還沒來。

B 申（もう）し訳（わけ）ございません、今（いま）すぐ確認（かくにん）いたします。

mo.u.shi.wa.ke.go.za.i.ma.se.n i.ma./su.gu./ka.ku.ni.n.i.ta.shi.ma.su

非常抱歉，我現在馬上去確認。

A はい。

ha.i

好。

B かしこまりました。少々（しょうしょう）お待（ま）ちください。

ka.shi.ko.ma.ri.ma.shi.ta sho.u.sho.u.o.ma.chi.ku.da.sa.i

好的。請稍等。

●メニューをいただけますか？

me.nyu.u.o./i.ta.da.ke.ma.su.ka
可以給我菜單嗎？

會話試一試

A すみません、メニューをいただけますか？
su.mi.ma.se.n.me.nyu.u.o./i.ta.da.ke.ma.su.ka
不好意思，可以給我菜單嗎？

B はい、どうぞ。ほかに何（なに）かご注文（ちゅうもん）はございますか？
ha.i.　do.u.zo.　ho.ka.ni./na.ni.ka./go.chu.u.mo.n.wa./go.za.i.ma.su.ka
好的，請。還有其他想點的嗎？

A はい、これをお願（ねが）いします。
ha.i.　ko.re.o./o.ne.ga.i.shi.ma.su
對，麻煩給我這個。

B かしこまりました。少々（しょうしょう）お待（ま）ちください。
ka.shi.ko.ma.ri.ma.shi.ta　sho.u.sho.u.o.ma.chi.ku.da.sa.i
好的。請稍等。

●追加で注文お願いします。

tsu.i.ka.de./chu.u.mo.n./o.ne.ga.i.shi.ma.su

我要加點。

會話試一試

A すみません、追加で注文お願いします。

su.mi.ma.se.n　tsu.i.ka.de./chu.u.mo.n./o.ne.ga.i.shi.ma.su

不好意思，我要加點。

B はい、少々お待ちください。

ha.i　sho.u.sho.u.o.ma.chi.ku.da.sa.i

好的，請稍等。

會話試一試

B 何かご注文はございますか？

na.ni.ka./go.chu.u.mo.n.wa./go.za.i.ma.su.ka

請問要點什麼呢？

A これをお願いします。

ko.re.o./o.ne.ga.i.shi.ma.su

麻煩給我這個。

B かしこまりました。

ka.shi.ko.ma.ri.ma.shi.ta

好的。

●残(のこ)った料理(りょうり)を持(も)ち帰(かえ)れますか？

no.ko.tta.ryo.u.ri.o./mo.chi.ka.e.re.ma.su.ka

剩下的菜可以打包嗎？

會話試一試

A すみません、残(のこ)った料理(りょうり)を持(も)ち帰(かえ)れますか？

su.mi.ma.se.n　no.ko.tta.ryo.u.ri.o./mo.chi.ka.e.re.ma.su.ka

不好意思，剩下的菜可以打包嗎？

B 残(のこ)った料理(りょうり)をすべてお持(も)ち帰(かえ)りなさいますか？

no.ko.tta.ryo.u.ri.o./su.be.te./o.mo.chi.ka.e.ri.na.sa.i.ma.su.ka

剩下的菜全部都要打包嗎？

A はい。

ha.i

對。

B かしこまりました。少々(しょうしょう)お待(ま)ちください。

ka.shi.ko.ma.ri.ma.shi.ta　sho.u.sho.u.o.ma.chi.ku.da.sa.i

好的。請稍等。

●お皿(さら)をお下(さ)げしてもよろしいでしょうか？

o.sa.ra.o./o.sa.ge.shi.te.mo./yo.ro.shi.i.de.sho.u.ka

盤子可以收走嗎？

會話試一試

A お皿(さら)をお下(さ)げしてもよろしいでしょうか？

o.sa.ra.o./o.sa.ge.shi.te.mo./yo.ro.shi.i.de.sho.u.ka

盤子可以收走嗎？

B はい、友達(ともだち)はこれをまだ食(た)べてますから、

ha.i　to.mo.da.chi.wa./ko.re.o./ma.da./ta.be.te.ma.su.ka.ra.

好，這個我朋友還要吃，

ほかのをよろしくお願(ねが)いします。

ho.ka.no.o./yo.ro.shi.ku.o.ne.ga.i.shi.ma.su

其他的麻煩你了。

A はい。

ha.i.

好的。

•一點點補充•

如果想自己跟店員要求收餐盤的話，可以說→

✏ お皿を下げてもらえますか？
o.sa.ra.o./sa.ge.te.mo.ra.e.ma.su.ka
可以幫我收盤子嗎？

•相關單字•

いただきます。
i.ta.da.ki.ma.su
開動了。

ご馳走さまでした。
go.chi.so.u.sa.ma.de.shi.ta
吃飽了。(有感謝的意涵)

スプーン
su.pu.u.n
湯匙

確認
ka.ku.ni.n
確認

お皿
o.sa.ra
盤子

ほかの
ho.ka.no
其他的

▸結帳

● お会計、お願いします。

o.ka.i.ke.i　o.ne.ga.i.shi.ma.su

麻煩，我要結帳

會話試一試

A すみません、お会計、お願いします。

su.mi.ma.se.n　o.ka.i.ke.i　o.ne.ga.i.shi.ma.su

麻煩，我要結帳。

B はい、お支払いは現金ですか？カードですか？

ha.i　o.shi.ha.ra.i.wa./ge.n.ki.n.de.su.ka./ka.a.do.de.su.ka

好的，請問要用現金還是卡付費？

A 現金です。

ge.n.ki.n.de.su

現金。

B はい、合計で６５００円でございます。

ha.i　go.u.ke.i.de./ro.ku.se.n./go.hya.ku.e.n.de.go.za.i.ma.su

好的，總共6500日圓。

MP3 085

●現金で支払います。

ge.n.ki.n.de./shi.ha.ra.i.ma.su

用現金付。

會話試一試

A お会計をお願いします。

o.ka.i.ke.i.o./o.ne.ga.i.shi.ma.su

麻煩，我要結帳。

B はい、お支払いはカード、現金のどちらになさいますか？

ha.i o.shi.ha.ra.i.wa./ka.a.do ge.n.ki.n.no./do.chi.ra.ni.na.sa.i.ma.su.ka

好的，請問要用卡、現金，哪種方式結帳呢？

A 現金で支払います。

ge.n.ki.n.de./shi.ha.ra.i.ma.su

用現金付。

B はい、合計で５０００円でございます。

ha.i go.u.ke.i.de./go.se.n.de.go.za.i.ma.su

好的，總共5000日圓。

●会計（かいけい）は別々（べつべつ）に払（はら）っていいですか？

ka.i.ke.i.wa./be.tsu.be.tsu.ni./ha.ra.tte./i.i.de.su.ka

結帳可以分開付嗎？

會話試一試

A 会計（かいけい）は別々（べつべつ）に払（はら）っていいですか？

ka.i.ke.i.wa./be.tsu.be.tsu.ni./ha.ra.tte./i.i.de.su.ka

可以分開結帳嗎？

B いいですよ。

i.i.de.su.yo

可以。

お客様（きゃくさま）のご注文（ちゅうもん）はなんですか？

o.kya.ku.sa.ma.no./go.chu.u.mo.n.wa./na.n.de.su.ka

請問您點的是什麼？

A カレードリアです。

ka.re.e.do.ri.a.de.su

咖哩焗烤飯。

B はい、７６０円（ななひゃくろくじゅうえん）でございます。

ha.i　na.na.hya.ku./ro.ku.ju.u.e.n.de.go.za.i.ma.su

好的，是760日圓。

MP3 086

●一緒(いっしょ)でお願(ねが)いします。

i.ssho.de./o.ne.ga.i.shi.ma.su

麻煩一起算。

會話試一試

A お会計(かいけい)はご一緒(いっしょ)ですか？

o.ka.i.ke.i.wa./go.i.ssho.de.su.ka

請問您要一起結帳，

別々(べつべつ)ですか？

be.tsu.be.tsu. de.su.ka

還是分開？

B 一緒(いっしょ)でお願(ねが)いします。

i.ssho.de./o.ne.ga.i.shi.ma.su

麻煩一起算。

A はい、合計(ごうけい)で３７００円(さんぜんななひゃくえん)でございます。

ha.i go.u.ke.i.de./sa.n.ze.n./na.na.hya.ku.e.n.de.go.za.i.ma.su

好的，總共3700日圓。

•一點點補充•

如果想要分開結，可以說→

✏別々(べつべつ)でお願(ねが)いします。

be.tsu.be.tsu.de./o.ne.ga.i.shi.ma.su

麻煩分開算。

•相關單字•

お会計（かいけい）
o.ka.i.ke.i
買單；結帳

現金（げんきん）
ge.n.ki.n
現金

カード
ka.a.do
卡片
(結帳時指的是信用卡、現金卡等等，也可指聖誕卡片、生日卡片等等)

合計（ごうけい）
go.u.ke.i
合計

お支払い（しはら）
o.shi.ha.ra.i
付費（方式）

別々（べつべつ）
be.tsu.be.tsu
各自；分別

087

▸ 咖啡廳、速食店

說明

日本的咖啡廳和台灣的差不多，都會有輕食可供點餐。但要注意的是，日本的便利商店並不像台灣一樣有那麼多種咖啡可以選擇，基本上只有冰咖啡和熱咖啡，而且通常是自助式的。當你點了一杯咖啡，店員會給你一個杯子，你必須要自己去使用機器，而糖和奶精也是放在旁邊，自行取用。

連鎖咖啡廳和速食店

星巴克→スターバックス
su.ta.a.ba.kku.su

略稱→スタバ
su.ta.ba

麥當勞→マクドナルド
ma.ku.do.na.ru.do

略稱→マクド、マック
ma.ku.do　ma.kku

摩斯漢堡→モスバーガー
mo.su.ba.a.ga.a

略稱→モス
mo.su

•店内でお召し上がりですか？それともお持ち帰りですか？

te.n.na.i.de./o.me.shi.a.ga.ri.de.su.ka so.re.to.mo./o.mo.chi.ka.e.ri.de.su.ka

請問要內用還是外帶？

會話試一試

A 店内でお召し上がりですか？それともお持ち帰りですか？

te.n.na.i.de./o.me.shi.a.ga.ri.de.su.ka so.re.to.mo./o.mo.chi.ka.e.ri.de.su.ka

請問要內用還是外帶？

B ここで食べます。

ko.ko.de./ta.be.ma.su

我要在這裡吃。

A はい。かしこまりました。

ha.i ka.shi.ko.ma.ri.ma.shi.ta

好的。我知道了。

•一點點補充•

此句為店員所説，注意對話中B的回答。

如果想外帶，可以説→

✏ 持ち帰ります。

mo.chi.ka.e.ri.ma.su

MP3 088

●サイズはいかがなさいますか？

sa.i.zu.wa./i.ka.ga.na.sa.i.ma.su.ka

請問要什麼大小呢？

會話試一試

A カプチーノをください。

ka.pu.chi.i.no.o./ku.da.sa.i

請給我卡布奇諾。

B はい、サイズはいかがなさいますか？

ha.i　sa.i.zu.wa./i.ka.ga.na.sa.i.ma.su.ka

好的，請問要什麼大小呢？

A トールでお願(ねが)いします。

to.o.ru.de./o.ne.ga.i.shi.ma.su

麻煩幫我做中杯的。

B カプチーノ、サイズはトールですね。399(さんびゃくきゅうじゅうきゅう)円です。

ka.pu.chi.i.no　sa.i.zu.wa./to.o.ru.de.su.ne.　sa.n.bya.ku./kyu.u.ju.u.kyu.u.e.n.de.su

卡布奇諾、中杯的。共399日圓。

•一點點補充•

此句為店員所說，注意對話中B的回答。
星巴克杯子大小的說法

ショート（Short）
sho.o.to
小杯（240cc）

トール（Tall）
to.o.ru
中杯（350cc）

グランデ（Grande）
gu.ra.n.de
大杯（470cc）

ベンティ（Venti）
be.n.ti
特大杯（590cc）

其他大多數咖啡店或速食店

S(エス)-サイズ
e.su./sa.i.zu
小杯

M(エム)-サイズ
e.mu./sa.i.zu
中杯

L(エル)-サイズ
e.ru./sa.i.zu
大杯

MP3 089

●砂糖(さとう)なしでお願(ねが)いします。

sa.to.u.na.shi.de./o.ne.ga.i.shi.ma.su

麻煩不要加糖。

會話試一試

A スターバックスラテをください。

su.ta.a.ba.kku.su.ra.te.o./ku.da.sa.i

請給我星巴克拿鐵。

B はい、サイズはいかがなさいますか？

ha.i　sa.i.zu.wa./i.ka.ga.na.sa.i.ma.su.ka

好的，請問要什麼大小呢？

A トールでお願(ねが)いします。

to.o.ru.de./o.ne.ga.i.shi.ma.su

麻煩幫我做中杯的。

そして、砂糖(さとう)なしでお願(ねが)いします。

so.shi.te　sa.to.u.na.shi.de./o.ne.ga.i.shi.ma.su

還有，麻煩不要加糖。

B かしこまりました。

ka.shi.ko.ma.ri.ma.shi.ta

好的。

•一點點補充•

不想加冰塊的話，可以說→

✏ 氷(こおり)なしでお願(ねが)いします。
ko.o.ri.na.shi.de./o.ne.ga.i.shi.ma.su
麻煩不要加冰塊。

各種咖啡

アイスコーヒー (Ice Coffee)
a.i.su./ko.o.hi.i
冰咖啡

ホットコーヒー (Hot Coffee)
ho.tto./ko.o.hi.i
熱咖啡

カプチーノ (Cappuccino)
ka.pu.chi.i.no
卡布奇諾

モカ (Moca)
mo.ka
摩卡

カフェラテ (Caffè Latte) = ラテ (Latte)
ka.fe./ra.te ra.te
拿鐵

フラペチーノ (Frappuccino)
fu.ra.pe.chi.i.no
星冰樂（星巴克專屬）

看到咖啡名後半部有這個字的，就是星冰樂哦！

MP3 090

●サイドメニューはいかがでしょうか？

sa.i.do.me.nyu.u.wa./i.ka.ga.de.sho.u.ka

請問要搭配套餐嗎？

會話試一試

A えびフィレオをください。

e.bi.fi.re.o.o./ku.da.sa.i

我要炸蝦漢堡。

B サイドメニューはいかがでしょうか？

sa.i.do.me.nyu.u.wa./i.ka.ga.de.sho.u.ka

請問要搭配套餐嗎？

A フライドポテトと紅茶（こうちゃ）をお願（ねが）いします。

fu.ra.i.do.po.te.to.to./ko.u.cha.o./o.ne.ga.i.shi.ma.su

麻煩搭配薯條和紅茶。

B 紅茶（こうちゃ）はレモンとミルクがございますが、どちらになさいますか？

ko.u.cha.wa./re.mo.n.to./mi.ru.ku.ga./go.zo.i.ma.su.ga　do.chi.ra.ni.na.sa.i.ma.su.ka

請問紅茶要付檸檬片還是奶精？

A ミルクでお願（ねが）いします。

mi.ru.ku.de./o.ne.ga.i.shi.ma.su

麻煩給我奶精。

•相關單字•

お召(め)し上(あ)がり
o.me.shi.a.ga.ri
吃（食べます）的敬語

お持(も)ち帰(かえ)り
o.mo.chi.ka.e.ri
外帶（持(も)ち帰(かえ)り）的敬語

氷(こおり)
ko.o.ri
冰塊

サイドメニュー
sa.i.do.me.nyu.u
副餐菜單（相對於主餐來說）

フライドポテト (Fried potato)
fu.ra.i.do./po.te.to
薯條

レモン (Lemon)
re.mo.n
檸檬

ミルク (Milk)
mi.ru.ku
指奶粉、奶精等的牛奶

牛乳(ぎゅうにゅう)
gyu.u.nyu.u
牛奶、鮮奶

觀光旅遊

▶觀光情報

說明

自由行最重要的除了事前做功課外，到了當地也可以去「觀光案内所(かんこうあんないじょ)」看看，會有很好用的地圖喔！

●この街(まち)の観光案内(かんこうあんない)パンフレットはありますか？

ko.no.ma.chi.no./ka.n.ko.u.a.n.na.i./pa.n.fu.re.tto.wa./a.ri.ma.su.ka

有這個城市的觀光導覽冊子嗎？

會話試一試

A すみません、

su.mi.ma.se.n

不好意思，

この街(まち)の観光案内(かんこうあんない)パンフレットはありますか？

ko.no.ma.chi.no./ka.n.ko.u.a.n.na.i./pa.n.fu.re.tto.wa./a.ri.ma.su.ka

有這個城市的觀光導覽冊嗎？

B ありますよ。どこの国の方ですか？

a.ri.ma.su.yo　do.ko.no./ku.ni.no./ka.ta.de.su.ka

有。請問您來自哪個國家？

A 台湾人です。

ta.i.wa.n.ji.n.de.su

我是台灣人。

B 中国語のパンフレットでよろしいですか？

chu.u.go.ku.go.no./pa.n.fu.re.tto.de./yo.ro.shi.i.de.su.ka

中文的導覽冊可以嗎？

A はい。ありがとうございます。

ha.i　a.ri.ga.to.u.go.za.i.ma.su

可以。謝謝。

MP3 092

●この周辺(しゅうへん)で、何(なに)かおすすめはありますか？

ko.no.shu.u.he.n.de na.ni.ka./o.su.su.me.wa./a.ri.ma.su.ka

請問這附近有什麼推薦的嗎？

會話試一試

A この周辺(しゅうへん)で、何(なに)かおすすめはありますか？

ko.no.shu.u.he.n.de na.ni.ka./o.su.su.me.wa./a.ri.ma.su.ka

請問這附近有什麼推薦的嗎？

B この近(ちか)くには多(おお)くの神社(じんじゃ)がありますよ。

ko.no.chi.ka.ku.ni.wa./o.o.ku.no./ji.n.ja.ga.a.ri.ma.su.yo.

這附近有很多神社喔！

詳(くわ)しくはこちらのパンフレットに書(か)いてあるので、

ku.wa.shi.ku.wa./ko.chi.ra.no./pa.n.fu.re.tto.ni./ka.i.te.a.ru.no.de

詳細情報在這本冊子上有寫，

よろしければお読(よ)みになってください。

yo.ro.shi.ke.re.ba./o.yo.mi.ni./na.tte.ku.da.sa.i

可以參考看看。

A はい、ありがとうございます。
ha.i.　a.ri.ga.to.u.go.za.i.ma.su
好的，謝謝。

MP3 093

•一點點補充•

想找有名的餐廳，可以問→

✏ この周辺(しゅうへん)で、何(なに)かおすすめのレストランはありますか？
ko.no.shu.u.he.n.de　na.ni.ka./o.su.su.me.no./re.su.to.ra.n.wa./a.ri.ma.su.ka
請問這附近有什麼推薦的餐廳嗎？

想問這附近的特產是什麼，可以問→

✏ この周辺(しゅうへん)で、何(なに)かおすすめの名物(めいぶつ)はありますか？
ko.no.shu.u.he.n.de　na.ni.ka./o.su.su.me.no./me.i.bu.tsu.wa./a.ri.ma.su.ka
請問這附近有什麼推薦的特產嗎？

想問今天附近有甚麼活動，可以問→

✏ この周辺(しゅうへん)で、今日(きょう)何(なに)か特別(とくべつ)なイベントはありますか？
ko.no.shu.u.he.n.de　kyo.u./na.ni.ka./to.ku.be.tsu.na./i.be.n.to.wa./a.ri.ma.su.ka
請問這附近今天有什麼特別活動嗎？

●この近(ちか)くにコインロッカーはありますか？

ko.no.chi.ka.ku.ni./ko.i.n.ro.kka.a.wa./a.ri.ma.su.ka

這附近有投幣式置物櫃嗎？

會話試一試

A この近(ちか)くにコインロッカーはありますか？

ko.no.chi.ka.ku.ni./ko.i.n.ro.kka.a.wa./a.ri.ma.su.ka

這附近有投幣式置物櫃嗎？

B はい、ありますよ。

ha.i.a.ri.ma.su.yo

有的。

ここを出(で)て、左(ひだり)に曲(ま)がって、

ko.ko.o./de.te. hi.da.ri.ni./ma.ga.tte

從這裡出去後，左轉，

すぐ見(み)えます。

su.gu./mi.e.ma.su

馬上就可以看到了。

A はい、ありがとうございます。

ha.i a.ri.ga.to.u.go.za.i.ma.su

好，謝謝。

•一點點補充•

✏ この近(ちか)くに（地點、建築物等等）はありますか？
ko.no.chi.ka.ku.ni./__________ wa./a.ri.ma.su.ka
這附近有（地點、建築物等等）嗎？

✏ この近(ちか)くに（ショッピングモール）はありますか？
ko.no.chi.ka.ku.ni./sho.ppi.n.gu.mo.o.ru.wa./a.ri.ma.su.ka
這附近有（購物商場）嗎？

✏ この近(ちか)くに（コンビニ）はありますか？
ko.no.chi.ka.ku.ni./ko.n.bi.ni.wa./a.ri.ma.su.ka
這附近有（便利商店）嗎？

✏ この近(ちか)くに（郵便局(ゆうびんきょく)）はありますか？
ko.no.chi.ka.ku.ni./yu.u.bi.n.kyo.ku.wa./a.ri.ma.su.ka
這附近有（郵局）嗎？

●今、私はこの地図のどこにいるのか、教えてもらえますか？

i.ma wa.ta.shi.wa./ko.no.chi.zu.no./do.ko.ni./i.ru.no.ka o.shi.e.te./mo.ra.e.ma.su.ka

可以告訴我，我現在在地圖上的哪裡嗎？

會話試一試

A 今、私はこの地図のどこにいるのか、

i.ma wa.ta.shi.wa./ko.no.chi.zu.no./do.ko.ni./i.ru.no.ka

教えてもらえますか？

o.shi.e.te./mo.ra.e.ma.su.ka

可以告訴我，我現在在地圖上的哪裡嗎？

B いいよ。今は…この辺にいると思うよ。

i.i.yo i.ma.wa ko.no.he.n.ni./i.ru./to.o.mo.u.yo

好哦。 現在……應該是在這附近吧。(指著地圖)

A はい、ありがとうございます。

ha.i a.ri.ga.to.u.go.za.i.ma.su

好，謝謝。

MP3 095

●ここまでどうやって行きますか？

ko.ko.ma.te./do.u.ya.tte./i.ki.ma.su.ka
請問要怎麼到這裡？

會話試一試

A すみません、ここまでどうやって行きますか？
su.mi.ma.se.n　ko.ko.ma.de./do.u.ya.tte./i.ki.ma.su.ka
不好意思，請問要怎麼到這裡？(指著地圖)

B 八坂神社に行きたいのですね？
ya.sa.ka.ji.n.ja.ni./i.ki.ta.i.no.de.su.ne
是要去八坂神社嗎？

A はい。
ha.i
對。

B この道をまっすぐ行って、突き当たりですよ。
ko.no.mi.chi.o./ma.ssu.gu./i.tte　tsu.ki.a.ta.ri.de.su.yo
沿著這條路直走，就在盡頭喔！

●ここまで歩(ある)いて行(い)けますか？

ko.ko.ma.de./a.ru.i.te./i.ke.ma.su.ka
用走的可以到那裡嗎？(指著地圖)

會話試一試

A ここまで歩(ある)いて行(い)けますか？
ko.ko.ma.de./a.ru.i.te./i.ke.ma.su.ka
用走的可以走到那裡嗎？(指著地圖)

B え、ここから？
e　　ko.ko.ka.ra
咦？從這裡？

A はい。
ha.i.
對。

B ちょっときついかな、2時間(にじかん)くらいかかると思(おも)う。
cho.tto./ki.tsu.i.ka.na　　ni.ji.ka.n.ku.ra.i./ka.ka.re.ru./to.o.mo.u
有點辛苦啊！可能要花2小時左右。

•一點點補充•

日文的「時間(じかん)」有「時間」的意思，但更常用在「小時」上哦！

096

幾小時的說法

✏ 1時間（いちじかん）
i.chi.ji.ka.n
1小時

✏ 2時間（にじかん）
ni.ji.ka.n
2小時

✏ 3時間（さんじかん）
sa.n.ji.ka.n
3小時

✏ 4時間（よじかん）
yo.ji.ka.n
4小時

✏ 5時間（ごじかん）
go.ji.ka.n
5小時

◈想說「幾小時半」的話，和「幾點」一樣，在後面加「半（はん）」就可以了。
像是，1時間半（いちじかんはん）、2時間半（にじかんはん）……。

更詳細的時間說法可以翻到P.303。

● ここから一番近いコンビニはどこですか？

ko.ko.ka.ra./i.chi.ba.n.chi.ka.i./ko.n.bi.ni.wa./do.ko.de.su.ka
請問離這裡最近的便利商店在哪裡？

會話試一試

A すみません、ここから一番近いコンビニはどこですか？
su.mi.ma.se.n ko.ko.ka.ra./i.chi.ba.n.chi.ka.i./ko.n.bi.ni.wa./do.ko.de.su.ka
不好意思，請問離這裡最近的便利商店在哪裡？

B その向こうの通りにありますよ。
so.no.mu.ko.u.no./to.o.ri.ni./a.ri.ma.su.yo
就在對面那條街哦！

A ありがとうございます！
a.ri.ga.to.u.go.za.i.ma.su
謝謝！

MP3 097

•一點點補充•

✏ ここから一番近い（地點、建築物等等）はどこですか？
ko.ko.ka.ra./i.chi.ba.n.chi.ka.i./________ wa./do.ko.de.su.ka
請問離這裡最近的（地點、建築物等等）在哪裡？

✏ ここから一番近い（コンビニ）はどこですか？
ko.ko.ka.ra./i.chi.ba.n.chi.ka.i./ko.n.bi.ni.wa./do.ko.de.su.ka
請問離這裡最近的便利商店在哪裡？

✏ ここから一番近い（コインロッカー）はどこですか？
ko.ko.ka.ra./i.chi.ba.n.chi.ka.i./ko.i.n.ro.kka.a.wa./do.ko.de.su.ka
請問離這裡最近的投幣式置物櫃在哪裡？

✏ ここから一番近い（　銀行　）はどこですか？
ko.ko.ka.ra./i.chi.ba.n.chi.ka.i./gi.n.ko.u.wa./do.ko.de.su.ka
請問離這裡最近的（銀行）在哪裡？

•相關單字•

案内
a.n.na.i
導覽

パンフレット（Pamphlet）
pa.n.fu.re.tto
小冊子

中国語
chu.u.go.ku.go
中文（不論繁簡體）

周辺
shu.u.he.n
周邊；附近

レストラン(Restaurant)
re.su.to.ra.n
餐廳

名物（めいぶつ）
me.i.bu.tsu
特產

特別（とくべつ）
to.ku.be.tsu
特別

イベント(Event)
i.be.n.to
活動

神社（じんじゃ）
ji.n.ja
神社

左（ひだり）
hi.da.ri
左；左邊

右（みぎ）
mi.gi
右；右邊

ショッピングモール (Shopping Mall)
sho.ppi.n.gu.mo.o.ru
購物商場

コンビニ
ko.n.bi.ni
便利商店

MP3 098

郵便局（ゆうびんきょく）
yu.u.bi.n.kyo.ku
郵局

地図（ちず）
chi.zu
地圖

突き当たり（つきあたり）
tsu.ki.a.ta.ri
盡頭

歩いて（あるいて）
a.ru.i.te
步行

一番近い（いちばんちかい）
i.chi.ba.n.chi.ka.i
最近的

一番遠い（いちばんとおい）
i.chi.ba.n.to.o.i
最遠的

銀行（ぎんこう）
gi.n.ko.u
銀行

▸ 観光

● 大人(おとな)2枚(にまい)、子供(こども)1枚(いちまい)ください。

o.to.na./ni.ma.i　ko.do.mo./i.chi.ma.i./ku.da.sa.i

請給我成人2張、小孩1張。

會話試一試

A 料金(りょうきん)はいくらですか？

ryo.u.ki.n.wa./i.ku.ra.de.su.ka

請問費用多少？

B 大人(おとな)は600円(ろっぴゃくえん)、中学生(ちゅうがくせい)以下(いか)は200円(にひゃくえん)です。

o.to.na.wa./ro.ppya.ku.e.n　chu.u.ga.ku.se.i.i.ka.wa./ni.hya.ku.e.n.de.su

大人600日圓，國中生以下200日圓。

A 大人(おとな)2枚(にまい)、子供(こども)1枚(いちまい)ください。

o.to.na./ni.ma.i　ko.do.mo./i.chi.ma.i./ku.da.sa.i

請給我成人2張、小孩1張。

B はい、1400円(せんよんひゃくえん)です。

ha.i　se.n./yo.n.hya.ku.e.n.de.su

好的，1400日圓。

•一點點補充•

如果想買學生票，可以說→

小学生以下、３枚
sho.u.ga.ku.se.i./i.ka sa.n.ma.i
小學生以下的票3張。

中学生以下、２枚
chu.u.ga.ku.se.i./i.ka ni.ma.i
國中生以下的票2張。

高校生、４枚
ko.u.ko.u.se.i yo.n.ma.i
高中生的票4張。

票的單位：枚
紙張、車票等等也是相同單位

３枚
sa.n.ma.i
3張

４枚
yo.n.ma.i
4張

５枚
go.ma.i
5張

更詳細的張數說法可以翻到P.311。

● ここで写真（しゃしん）を撮（と）ってもいいですか？

ko.ko.de./sha.shi.n.o./to.tte.mo.i.i.de.su.ka

請問這裡可以拍照嗎？

會話試一試

A すみません、ここで写真（しゃしん）を撮（と）ってもいいですか？

su.mi.ma.se.n　ko.ko.de./sha.shi.n.o./to.tte.mo.i.i.de.su.ka

不好意思，請問這裡可以拍照嗎？

B はい、どうぞ撮（と）ってください。

ha.i　do.u.zo./to.tte.ku.da.sa.i

可以的，請拍照。

A ありがとうございます。

a.ri.ga.to.u.go.za.i.ma.su

謝謝。

100

A すみません、ここで写真（しゃしん）を撮（と）ってもいいですか？

su.mi.ma.se.n　ko.ko.de./sha.shi.n.o./to.tte.mo.i.i.de.su.ka

不好意思，請問這裡可以拍照嗎？

B 撮影（さつえい）はよろしいのですが、フラッシュはご遠慮願（えんりょねが）いします。

sa.tsu.e.i.wa./yo.ro.shi.i.no.de.su.ga　fu.ra.sshu.wa./go.e.n.ryo.ne.ga.i.shi.ma.su

可以拍照攝影，但是麻煩不要使用閃光燈。

A はい、わかりました。

ha.i　wa.ka.ri.ma.shi.ta

好的，我知道了。

•一點點補充•

如果想問可不可以錄影，可以這樣說→

✏ ここはビデオを撮（と）ってもいいですか？

ko.ko.wa./bi.de.o.o./to.tte.mo.i.i.de.su.ka

請問這裡可以錄影嗎？

另外，日本有些神社的本殿是不能拍照的，如果不確定能不能拍照可以看一下那裡的觀光小冊子或是觀察附近有沒有這些字眼→

✏ 撮影禁止（さつえいきんし）

sa.tsu.e.i.ki.n.shi

禁止「拍照」和「錄影」

✏ フラッシュ撮影禁止（さつえいきんし）

fu.ra.sshu.sa.tsu.e.i.ki.n.shi

禁止使用閃光燈

●写真(しゃしん)を撮(と)ってもらえますか？

sya.shi.n.o./to.tte./mo.ra.e.ma.su.ka

可以幫我(們)拍照嗎？

會話試一試

A すみません、写真(しゃしん)を撮(と)ってもらえますか？

su.mi.ma.se.n sha.shi.n.o./to.tte./mo.ra.e.ma.su.ka

不好意思，可以幫我(們)拍照嗎？

B いいですよ。

i.i.de.su.yo

可以喔！

B 横(よこ)で撮(と)ってよろしいですか？

yo.ko.de./to.tte.yo.ro.shi.i.de.su.ka

拍橫的可以嗎？

A 縦(たて)で撮(と)ってもらえますか？

ta.te.de./to.tte.mo.ra.e.ma.su.ka

可以幫我拍直的嗎？

B はい、わかりました。行(い)きますよ！3(さん)、2(に)、1(いち)！

ha.i wa.ka.ri.ma.shi.ta i.ki.ma.su.yo sa.n ni i.chi

好，要拍囉!3、2、1！

A ありがとうございます！
a.ri.ga.to.u.go.za.i.ma.su
謝謝！

•一點點補充•

走在京都的某些地方可能會遇到藝妓，如果想跟他拍照，一定要問他是否願意哦！

 MP3 101

若是想跟他一起拍照，可以說→

一緒に写真を撮ってもらえますか？
i.ssho.ni./sha.shi.n.o.to.tte.mo.ra.e.ma.su.ka
可以和我(們)一起拍張照嗎？

若只想拍對方，可以說→

✏ 写真を撮らせてもらっていいですか？
sha.shi.n.o./to.ra.se.te./mo.ra.tte.i.i.de.su.ka
可以讓我拍張照嗎？

若是想要請對方拍橫的，可以說→

✏ 横で撮ってもらえますか？
yo.ko.de./to.tte.mo.ra.e.ma.su.ka
可以幫我拍橫的嗎？

若是想要請對方拍直的，可以說→

✏ 縦で撮ってもらえますか？
ta.te.de./to.tte.mo.ra.e.ma.su.ka
可以幫我拍直的嗎？

●あの山を背景に撮っていただきたいです。

a.no.ya.ma.o./ha.i.ke.i.ni./to.tte./i.ta.da.ki.ta.i.de.su

可以幫我把山拍進去嗎？

會話試一試

A すみません、写真を撮ってもらえますか？

su.mi.ma.se.n sha.shi.n.o./to.tte./mo.ra.e.ma.su.ka

不好意思，可以幫我拍照嗎？

B いいですよ。

i.i.de.su.yo

可以喔！

A あの山を背景に撮っていただきたいです。

a.no.ya.ma.o./ha.i.ke.i.ni./to.tte./i.ta.da.ki.ta.i.de.su

可以幫我把山拍進去嗎？

B はい。行きますよ！

ha.i.　i.ki.ma.su.yo.

好的。要拍囉！

A ありがとうございます！写真を撮りましょうか？

a.ri.ga.to.u.go.za.i.ma.su　sha.shi.n.o./to.ri.ma.sho.o.ka

謝謝！我也來幫你（們）拍張照吧？

102

•一點點補充•

✏(建築物、風景等等)

を背景に撮っていただきたいです。
o./ha.i.ke.i.ni./to.tte./i.ta.da.ki.ta.i.de.su
可以幫我把(建築物、風景等等)拍進去嗎？

✏(あの山)
a.no.ya.ma.o.

を背景に撮っていただきたいです。
/ha.i.ke.i.ni./to.tte./i.ta.da.ki.ta.i.de.su
可以幫我把 (那座山) 拍進去嗎？

✏(この建物)
ko.no.ta.te.mo.no.

を背景に撮っていただきたいです。
o./ha.i.ke.i.ni./to.tte./i.ta.da.ki.ta.i.de.su
可以幫我把 (這棟建築) 拍進去嗎？

✏(東京タワー)
to.u.kyo.u.ta.wa.a.

を背景に撮っていただきたいです。
o./ha.i.ke.i.ni./to.tte./i.ta.da.ki.ta.i.de.su
可以幫我把 (東京鐵塔) 拍進去嗎？

●写真を撮りましょうか？

sha.shi.n.o./to.ri.ma.sho.o.ka

我(也)來幫你 (們) 拍張照吧？

會話試一試

A すみません、写真を撮ってもらえますか？

su.mi.ma.se.n sha.shi.n.o./to.tte./mo.ra.e.ma.su.ka

不好意思，可以幫我拍照嗎？

B いいですよ。

i.i.de.su.yo

可以喔！

はい。行きますよ！

ha.i　i.ki.ma.su.yo.

好的。要拍囉！

A ありがとうございます！写真を撮りましょうか？

a.ri.ga.to.u.go.za.i.ma.su　sha.shi.n.o./to.ri.ma.sho.o.ka

謝謝！我也來幫你 (們) 拍張照吧？

●もう一回、写真お願いしてもいいですか？

mo.u.i.kka.i sha.shi.n./o.ne.ga.i.shi.te.mo./i.i.de.su.ka

可以再幫我拍一張嗎？

會話試一試

A すみません、写真を撮ってもらえますか？

su.mi.ma.se.n sha.shi.n.o./to.tte./mo.ra.e.ma.su.ka

不好意思，可以幫我拍照嗎？

B いいですよ！

i.i.de.su.yo

好哦！

行きますよ！

i.ki.ma.su.yo

要拍囉！

拍完後

B ちょっと見てもらっていいですか？

cho.tto./mi.te.mo.ra.tte./i.i.de.su.ka

請看一下這樣可以嗎？

A すみません、もう一回、写真お願いしてもいいですか？

su.mi.ma.se.n.ga mo.u.i.kka.i sha.shi.n./o.ne.ga.i.shi.te.mo./i.i.de.su.ka

不好意思，可以再幫我拍一張嗎？

•一點點補充•

如果幫日本人拍完照後，想問拍的如何，可以這樣問→

✏ちょっと見（み）てもらっていいですか？
cho.tto./mi.te.mo.ra.tte. /i.i.de.su.ka
請看一下這樣可以嗎？

或是說→

✏これでどうですか？
ko.re.de./do.u.de.su.ka
這樣可以嗎？

•相關單字•

大人（おとな）
o.to.na
大人

子供（こども）
ko.do.mo
小孩

小学生（しょうがくせい）
sho.u.ga.ku.se.i
小學生

中学生（ちゅうがくせい）
chu.u.ga.ku.se.i
國中生

高校生（こうこうせい）
ko.u.ko.u.se.i
高中生

大学生（だいがくせい）
da.i.ga.ku.se.i
大學生

大学院生（だいがくいんせい）
da.i.ga.ku.i.n.se.i
研究生

写真（しゃしん）
sha.shi.n
照片

ビデオ（Video）
bi.de.o
影片

撮影（さつえい）
sa.tsu.e.i
拍照錄影

禁止（きんし）
ki.n.shi
禁止

フラッシュ（Flash）
hu.ra.sshu
閃光燈

建物（たてもの）
ta.te.mo.no
建築物

通

購物腿軟

▸店内

● ちょっと見(み)ているだけです。

cho.tto./mi.te.i.ru.da.ke.de.su

我只是看看而已。

會話試一試

A いらっしゃいませ。何(なに)かお探(さが)しですか？

i.ra.ssha.i.ma.se　na.ni.ka./o.sa.ga.shi.de.su.ka

觀迎光臨。想找什麼呢？

B いいえ、ちょっと見(み)ているだけです。ありがとうございます。

i.i.e　cho.tto./mi.te.i.ru.da.ke.de.su　a.ri.ga.to.u.go.za.i.ma.su

沒有，我只是看看而已。謝謝。

A はい、失礼(しつれい)しました。ごゆっくりご覧(らん)くださいませ。

ha.i　shi.tsu.re.i.shi.ma.shi.ta　go.yu.kku.ri./go.ra.n.ku.da.sa.i.ma.se

好的，抱歉打擾了。請慢慢看。

106

●あれを見（み）せてもらえますか？

a.re.o./mi.se.te.i.ta./mo.ra.e.ma.su.ka

我可以看一下那個嗎？

會話試一試

A すみません、あれを見（み）せてもらえますか？

su.mi.ma.se.n　a.re.o./mi.se.te./mo.ra.e.ma.su.ka

不好意思，我可以看一下那個嗎？

B はい、こちらはほかのお色（いろ）もございますよ。

ha.i　ko.chi.ra.wa./ho.ka.no./o.i.ro.mo./go.za.i.ma.su.yo.

好的，這件有其他顏色的喔！

どんな色（いろ）が好（す）きですか？

do.n.na.i.ro.ga./su.ki.de.su.ka

您喜歡什麼顏色呢？

A 黄色（きいろ）はありますか？

ki.i.ro.wa./a.ri.ma.su.ka

有黃色的嗎？

•一點點補充•

如果想直接問有哪些顏色，可以說→

✏これはほかの色（いろ）はありませんか？

ko.re.wa./ho.ka.no.i.ro.wa./a.ri.ma.se.n.ka

這個還有別的顏色嗎？

想問這件商品有沒有特定顏色，可以說→

✏ これの（　顏色　）はありますか？
ko.re.no./ ________ wa./a.ri.ma.su.ka
這個有(顏色)的嗎？

✏ これの（　黒　）はありますか？
ko.re.no./ku.ro.wa./a.ri.ma.su.ka
這個有黑色的嗎？

✏ これの（　白　）はありますか？
ko.re.no./shi.ro.wa./a.ri.ma.su.ka
這個有白色的嗎？

✏ これの（　灰色　）はありますか？
ko.re.no./ha.i.i.ro.wa./a.ri.ma.su.ka
這個有灰色的嗎？

常用顏色的日文

白
shi.ro.
白色

黒
ku.ro
黑色

灰色
ha.i.i.ro
灰色

コーヒー色
ko.o.hi.i.i.ro
咖啡色

茶色（ちゃいろ）
cha.i.ro
茶色

ベージュ
be.e.ju
駝色

赤（あか）
a.ka
紅色

青（あお）
a.o
青色

緑（みどり）
mi.do.ri
綠色

金（きん）
ki.n
金色

銀（ぎん）
gi.n
銀色

•これはありますか？

ko.re.wa./a.ri.ma.su.ka

請問有這個嗎？

(給店員看商品圖片或筆記等等)

A すみません、これはありますか？

su.mi.ma.se.n ko.re.wa./a.ri.ma.su.ka

不好意思，請問有這個嗎？(給店員看商品圖片或筆記等等)

B はい、ございます。

ha.i go.za.i.ma.su

有的。

(店員在店內尋找)

B これですね。

ko.re.de.su.ne

是這個吧！

A はい！ありがとうございます。

ha.i a.ri.ga.to.u.go.za.i.ma.su

對！謝謝。

MP3 108

●これのL(エル)サイズはありますか？

ko.re.no./e.ru.sa.i.zu.wa./a.ri.ma.su.ka

這個有 L 號的嗎？

會話試一試

A すみません、これのL(エル)サイズはありますか？

su.mi.ma.se.n.　ko.re.no./e.ru.sa.i.zu.wa./a.ri.ma.su.ka

不好意思，這個有 L 號的嗎？

B はい、ございます。少々(しょうしょう)お待(ま)ちください。

ha.i　go.za.i.ma.su.　sho.u.sho.u.o.ma.chi.ku.da.sa.i

有的。請稍等。

A ありがとうございます。

a.ri.ga.to.u.go.za.i.ma.su

謝謝。

•一點點補充•

✏ S(エス)サイズ

e.su./sa.i.zu

S 號

✏ M(エム)サイズ

e.mu./sa.i.zu

M 號

●これを試着(しちゃく)してもいいですか？

ko.re.o./shi.cha.ku.shi.te.mo./i.i.de.su.ka

可以試穿這個嗎？

會話試一試

A すみません、これを試着(しちゃく)してもいいですか？
su.mi.ma.se.n　ko.re.o./shi.cha.ku.shi.te.mo./i.i.de.su.ka
不好意思，可以試穿這個嗎？

B はい、もちろんです。試着室(しちゃくしつ)はあちらです。
ha.i　mo.chi.ro.n.de.su.　shi.cha.ku.shi.tsu.wa./a.chi.ra.de.su
當然可以。試穿的房間在那裡。

A はい、ありがとうございます。
ha.i　a.ri.ga.to.u.go.za.i.ma.su
好，謝謝。

•一點點補充•

試穿後

✏ 少(すこ)し大(おお)きいです。
su.ko.shi./o.o.ki.i.de.su
有點大。

✏ 少(すこ)し小(ちい)さいです。
su.ko.shi./chi.i.sa.i.de.su
有點小。

✏ ちょうどいいです。
cho.u.do.i.i.de.su
剛剛好。

✏ もっと小(ちい)さいサイズはありますか？
mo.tto.chi.i.sa.i./sa.i.zu.wa./a.ri.ma.su.ka
有再小號的嗎？

✏ もっと大(おお)きいサイズはありますか？
mo.tto.o.o.ki.i./sa.i.zu.wa./a.ri.ma.su.ka
有再大號的嗎？

✏ ちょっと考(かんが)えます。
cho.tto./ka.n.ga.e.ma.su
我再考慮一下。

▶結帳

●割引はありますか？

wa.ri.bi.ki.wa./a.ri.ma.su.ka

請問有折扣嗎？

會話試一試

A 割引はありますか？

wa.ri.bi.ki.wa./a.ri.ma.su.ka

請問有折扣嗎？

B 海外からのお客様はパスポートを見せて頂きましたら、

ka.i.ga.i.ka.ra.no./o.kya.ku.sa.ma.wa./pa.su.po.o.to.o./mi.se.te.i.ta.da.ki.ma.shi.ta.ra

外國旅客只要出示護照，

5％引きの価格で購入いただけます。

go.pa.a.se.n.to.bi.ki.no./ka.ka.ku.de./ko.u.nyu.u.i.ta.da.ke.ma.su

都可以用95折的價格購買。

•一點點補充•

1割引=10％引き= 10% off = 9折

•クレジットカードは使(つか)えますか？

ku.re.ji.tto.ka.a.do.wa./tsu.ka.e.ma.su.ka

可以使用信用卡嗎？

會話試一試

A 合計(ごうけい)１６０００円(いちまんろくせんえん)でございます。

go.u.ke.i./i.chi.ma.n./ro.ku.se.n.e.n.de.go.za.i.ma.su

總共16000日圓。

B クレジットカードは使(つか)えますか？

ku.re.ji.tto.ka.a.do.wa./tsu.ka.e.ma.su.ka

可以使用信用卡嗎？

A はい、使(つか)えますよ。

ha.i　tsu.ka.e.ma.su.yo

可以，可以用喔。

•一點點補充•

想用visa金融卡的時候，可以說→

✏ VISA(ビザ)は使(つか)えますか？

bi.za.wa./tsu.ka.e.ma.su.ka

可以用VISA嗎？

●免税対象(めんぜいたいしょう)になりますか？

me.n.ze.i.ta.i.sho.u.ni./na.ri.ma.su.ka
可以退稅嗎？

會話試一試

A すみません、免税対象(めんぜいたいしょう)になりますか？
su.mi.ma.se.n　me.n.ze.i.ta.i.sho.u.ni./na.ri.ma.su.ka
不好意思，可以退稅嗎？

B はい、免税対象(めんぜいたいしょう)になります。
ha.i　me.n.ze.i.ta.i.sho.u.ni./na.ri.ma.su.
可以，可以退稅。

このデパートの五階(ごかい)で免税手続(めんぜいてつづ)きができます。
ko.no.de.pa.a.to.no./go.ka.i.de./me.n.ze.i.te.tsu.zu.ki.ga./de.ki.ma.su.
這棟百貨的五樓可以辦理退稅手續。

A はい、ありがとうございます。
ha.i　a.ri.ga.to.u.go.za.i.ma.su
好的，謝謝。

•一點點補充•

關於退稅

- 日本退稅需要要收據和護照；信用卡結帳則還需要信用卡。

- 日本退稅都是當天買當天退，無法隔天累計。
- 必須在指定地方退稅(通常是商家現場)。不是所有地方都有退稅服務，在買東西之前可以先注意一下。
- 貼有Japan Tax Free Shop紅底櫻花標示的店家，才有退稅服務，通常會有中文字標示。
- 食品、藥品、化妝品等須滿 5000 日幣才可退稅。
- 其餘一般品須滿10000日幣才可退稅。
- 在百貨公司退稅可能會收取手續費，大約1%。
- 食品、藥品、化妝品等會消耗的東西退稅，並被商家包裝起來後，在回國之前都不能拆開使用。
- 電器等非消耗類的東西，退稅後可以拆開。免稅品要在30天內帶離日本。
- 只要是在觀光客常去的店家退稅，通常會有會講中文的店員。

MP3 111

●プレゼント用(よう)にラッピングしてもらえますか？

pu.re.ze.n.to.yo.u.ni./ra.ppi.n.gu.shi.te./mo.ra.e.ma.su.ka

可以幫我做禮物用的包裝嗎？

會話試一試

A すみません、プレゼント用(よう)にラッピングしてもらえますか？

su.mi.ma.se.n　pu.re.ze.n.to.yo.u.ni./ra.ppi.n.gu.shi.te./mo.ra.e.ma.su.ka

不好意思，可以幫我做禮物用的包裝嗎？

B はい、いいですよ！どのお色(いろ)のリボンがお好(す)きですか？

ha.i　i.i.de.su.yo.　do.no.o.i.ro.no./ri.bo.n.ga./o.su.ki.de.su.ka

可以喔！您喜歡什麼顏色的緞帶呢？

A ピンクでお願(ねが)いします。

pi.n.ku.de./o.ne.ga.i.shi.ma.su

粉紅色的，麻煩您了。

MP3 112

•レジ袋をもらえますか？

re.ji.bu.ku.ro.o./mo.ra.e.ma.su.ka

可以給我袋子嗎？

會話試一試

A 全部で2000円でございます。

ze.n.bu.de./ni.se.n.e.n.de.go.za.i.ma.su

總共2000日圓。

B はい。

ha.i

好的。

あの、レジ袋をもらえますか？

a.no　re.ji.bu.ku.ro.o./mo.ra.e.ma.su.ka

那個……可以給我袋子嗎？

A はい、どうぞ。

ha.i　do.u.zo

好的，請。

•一點點補充•

✏ レジ袋

re.ji.bu.ku.ro

便利商店、賣場等的袋子

✏ 袋

fu.ku.ro

指所有袋子

●別々(べつべつ)に袋(ふくろ)に入(い)れてもらえますか？

be.tsu.be.tsu.ni./fu.ku.ro.ni./i.re.te./mo.ra.e.ma.su.ka

請問可以幫我分開裝進袋子裡嗎？

會話試一試

A すみません、別々(べつべつ)に袋(ふくろ)に入(い)れてもらえますか？

su.mi.ma.se.n　be.tsu.be.tsu.ni./fu.ku.ro.ni./i.re.te./mo.ra.e.ma.su.ka

不好意思，請問可以幫我分開裝進袋子裡嗎？

B はい。どのように分(わ)ければよろしいですか？

ha.i　do.no.yo.u.ni./wa.ke.re.ba./yo.ro.shi.i.de.su.ka

好的。請問您要如何分裝？

A これとこれが一緒(いっしょ)で、そのほかの3つ(みっ)を一緒(いっしょ)にしてください。

ko.re.to./ko.re.ga./i.ssho.de　so.no.ho.ka.no./mi.ttsu.o./i.ssho.ni./shi.te.ku.da.sa.i

請把這個和這個放一起，其他3個放一起。

B はい、少々(しょうしょう)お待(ま)ちください。

ha.i　sho.u.sho.u.o.ma.chi.ku.da.sa.i

好的，請稍等。

•一點點補充•

分裝方法可以直接在櫃台上分好，再說這句話，當然也可以學習個數的說法，試著說說看哦！

個數的說法：つ

大部分的事物都可以用這個單位，除了長條狀的或是紙張類的東西。

此單位詞沒有10個的說法。

1(ひと)つ
hi.to.tsu
1 個

2(ふた)つ
fu.ta.tsu
2 個

3(みっ)つ
mi.ttsu
3 個

4(よっ)つ
yo.ttsu
4 個

5(いつ)つ
i.tsu.tsu
5 個

むっ
6つ
mu.ttsu
6個

なな
7つ
na.na.tsu
7個

やっ
8つ
ya.ttsu
8個

ここの
9つ
ko.ko.no.tsu
9個

個數的說法：個

口語上可以代替許多單位詞，但是不會使用在長條狀的物品上。

いっ こ
1個
i.kko
1個

に こ
2個
ni.ko
2個

さん こ
3個
sa.n.ko
3個

4個
yo.n.ko
4個

MP3 114

5個
go.ko
5個

6個
ro.kko
6個

7個
na.na.ko
7個

8個
ha.kko
8個

9個
kyu.u.ko
9個

10個　　10個
ji.kko　　ju.kko
10個

更詳細的個數説法可以翻到P.305。

▸便利商店、超商

● これを温(あたた)めてもらえませんか？

ko.re.o./a.ta.ta.me.te.mo.ra.e.ma.se.n.ka

可以幫我把這個加熱嗎？

會話試一試

A すみません、これを温(あたた)めてもらえませんか？

su.mi.ma.se.n./ko.re.o./a.ta.ta.me.te.mo.ra.e.ma.se.n.ka

不好意思，可以幫我加熱這個嗎？

B かしこまりました。傍(そば)で少々(しょうしょう)お待(ま)ちください。

ka.shi.ko.ma.ri.ma.shi.ta　so.ba.de./sho.u.sho.u.o.ma.chi.ku.da.sa.i

我知道了。請在旁邊稍等。

•一點點補充•

✏ (これ)を温(あたた)めてもらえませんか？

ko.re.o./a.ta.ta.me.te.mo.ra.e.ma.se.n.ka

請問可以幫我把這個加熱嗎？

✏ (お弁当(べんとう))を温(あたた)めてもらえませんか？

o.be.n.to.u.o./a.ta.ta.me.te.mo.ra.e.ma.se.n.ka

請問可以幫我把便當加熱嗎？

115

●レジ袋(ぶくろ)はいりますか？

re.ji.bu.ku.ro.wa./i.ri.ma.su.ka

請問需要袋子嗎？

會話試一試

A レジ袋(ぶくろ)はいりますか？

re.ji.bu.ku.ro.wa./i.ri.ma.su.ka

請問需要袋子嗎？

B 大丈夫(だいじょうぶ)です。持(も)ってます。

da.i.jo.u.bu.de.su　mo.tte.ma.su

不用了。我有了。

•一點點補充•

此為店員所説，請注意B的回答。
通常店員會主動問，如果沒有問也可以説→

✏レジ袋(ぶくろ)をもらえますか？

re.ji.bu.ku.ro.o./mo.ra.e.ma.su.ka

請問可以給我袋子嗎？

可參考P.226。

●お箸、お願いします。

o.ha.shi　o.ne.ga.i.shi.ma.su

麻煩給我筷子。

會話試一試

A お箸、お願いします。

o.ha.shi　o.ne.ga.i.shi.ma.su

麻煩給我筷子。

B はい、1膳でよろしいですか？

ha.i　　i.chi.ze.n.de./yo.ro.shi.i.de.su.ka

好的，請問1雙可以嗎？

A はい。

ha.i

1雙就可以了。

•一點點補充•

✏ ストロー、お願いします。

su.to.ro.o　o.ne.ga.i.shi.ma.su

麻煩給我吸管。

旅程結束

▸前往機場（交通）

說明

可與「飯店住宿篇-前往飯店（交通）」和「四通八達篇」交互參考。

● **成田空港まで2枚、お願いします。**

na.ri.ta.ku.u.ko.u. ma.de./ni.ma.i o.ne.ga.i.shi.ma.su

麻煩給我兩張到成田機場的車票。

會話試一試

A すみません、成田空港まで2枚、お願いします。

su.mi.ma.se.n na.ri.ta.ku.u.ko.u./ma.de./ni.ma.i o.ne.ga.i.shi.ma.su

不好意思，麻煩給我兩張到成田機場的車票。

B 片道でございますか？

ka.ta.mi.chi.de.go.za.i.ma.su.ka

請問是單程票嗎？

A はい。

ha.i

對。

●成田空港には何線に乗ればいいですか？

na.ri.ta.ku.u.ko.u.ni.wa./na.ni.se.n.ni./no.re.ba.i.i.de.su.ka

請問去成田機場要搭哪一線電車呢？

會話試一試

A すみません、成田空港には何線に乗ればいいですか？

su.mi.ma.se.n.　na.ri.ta.ku.u.ko.u.ni.wa./na.ni.se.n.ni./no.re.ba.i.i.de.su.ka

不好意思，請問到成田機場要搭哪一線電車呢？

B 京成電鉄の成田スカイアクセス線に乗るのが

ke.i.se.i.de.n.te.tsu.no./na.ri.ta.su.ka.i.a.ku.se.su.se.n.ni./no.ru.no.ga/

一番便利です。

i.chi.ba.n.be.n.ri.de.su

搭京成電鐵的成田SKY ACCESS線的話應該會比較快。

A わかりました。ありがとうございます。

wa.ka.ri.ma.shi.ta　a.ri.ga.to.u.go.za.i.ma.su

我知道了。謝謝。

•一點點補充•

✏(地點)

には何線に乗ればいいですか？
ni.wa./na.ni.se.n.ni./no.re.ba.i.i.de.su.ka
到 (地點) 要搭哪一線電車呢？

✏(成田空港)
na.ri.ta.ku.u.ko.u.

には何線に乗ればいいですか？
ni.wa./na.ni.se.n.ni./no.re.ba.i.i.de.su.ka
到 (成田機場) 要搭哪一線電車呢？

✏(スカイツリー)
su.ka.i.tsu.ri.i.

には何線に乗ればいいですか？
ni.wa./na.ni.se.n.ni./no.re.ba.i.i.de.su.ka
到 (晴空塔) 要搭哪一線電車呢？

✏(羽田空港)
ha.ne.da.ku.u.ko.u.

には何線に乗ればいいですか？
ni.wa./na.ni.se.n.ni./no.re.ba.i.i.de.su.ka
到 (羽田機場) 要搭哪一線電車呢？

118

●成田空港に行くにはどこで乗り換えればいいですか？

na.ri.ta.ku.u.ko.u.ni./i.ku.ni.wa./do.ko.de./no.ri.ka.e.re.ba.i.i.de.su.ka

請問去成田機場要在哪裡換車？

會話試一試

A すみません、成田空港に行くにはどこで乗り換えればいいですか？

su.mi.ma.se.n na.ri.ta.ku.u.ko.u.ni./i.ku.ni.wa./do.ko.de./no.ri.ka.e.re.ba.i.i.de.su.ka

不好意思，請問去成田機場要在哪裡轉車？

B 成田空港でしたら、上野駅と日暮里駅、

na.ri.ta.ku.u.ko.u.de.shi.ta.ra u.e.no.to./ni.ppo.ri.e.ki

要去成田機場的話，上野站或日暮里站

どちらでも乗り換えることができます。

do.chi.ra.de.mo./no.ri.ka.e.ru.ko.to.ga./de.ki.ma.su

都可以換車。

A わかりました。ありがとうございます。
wa.ka.ri.ma.shi.ta　a.ri.ga.to.u.go.za.i.ma.su
我知道了。謝謝。

•一點點補充•

✏(地點)に行くにはどこで乗り換えればいいですか？
ni./i.ku.ni.wa./do.ko.de./no.ri.ka.e.re.ba.i.i.de.su.ka
請問去 (地點) 要在哪裡換車？

✏(成田空港)に行くにはどこで乗り換えればいいですか？
na.ri.ta.ku.u.ko.u.ni./i.ku.ni.wa./do.ko.de./no.ri.ka.e.re.ba.i.i.de.su.ka
請問去(成田機場)要在哪裡換車？

✏(森ノ宮駅)に行くにはどこで乗り換えればいいですか？
mo.ri.no.mi.ya.e.ki.ni./i.ku.ni.wa./do.ko.de./no.ri.ka.e.re.ba.i.i.de.su.ka
請問去 (森之宮站) 要在哪裡換車？

✏(関西空港)に行くにはどこで乗り換えればいいですか？
ka.n.sa.i.ku.u.ko.u.ni./i.ku.ni.wa./do.ko.de./no.ri.ka.e.re.ba.i.i.de.su.ka
請問去(關西機場)要在哪裡換車？

▶登機

說明

回台灣的飛機上，基本上都會有會講中文的空服員，請不要客氣，有禮貌地大方說中文吧！

●エバー航空(こうくう)のチェックインカウンターはどこですか？

e.ba.a.ko.u.ku.u.no./che.kku.i.n./ka.u.n.ta.a.wa./do.ko.de.su.ka

請問長榮航空的登機辦理櫃台在哪裡？

會話試一試

A すみません、エバー航空(こうくう)のチェックインカウンターはどこですか？

su.mi.ma.se.n　e.ba.a.ko.u.ku.u.no./che.kku.i.n./ka.u.n.ta.a.wa./do.ko.de.su.ka

不好意思，請問長榮航空的登機辦理櫃台在哪裡？

B H(エッチ)カウンターでございます。

e.cchi./ka.u.n.ta.a.de.go.za.i.ma.su

在H櫃檯。

A わかりました。ありがとうございます。
wa.ka.ri.ma.shi.ta　a.ri.ga.to.u.go.za.i.ma.su
我知道了。謝謝。

•一點點補充•

✏ (エバー航空) のチェックインカウンターはどこですか？
e.ba.a.ko.u.ku.u.no./che.kku.i.n./ka.u.n.ta.a.wa./do.ko.de.su.ka
請問 (長榮航空) 的登機辦理櫃台在哪裡？

台灣⇔日本的航空

エバー航空
e.ba.a.ko.u.ku.u
長榮航空 (EVA Air)

チャイナエアライン
cha.i.na./e.a.ra.i.n
中華航空 (China Airlines)

キャセイパシフィック航空
kya.se.i./pa.shi.fi.kku.ko.u.ku.u
國泰航空 (Cathay Pacific)

トランスアジア航空
to.ra.n.su./a.ji.a.ko.u.ku.u
復興航空 (TransAsia Airways)

日本航空／ジャル
ni.ho.n.ko.u.ku.u
日本航空/JAL

全日空（ぜんにっくう）
ze.n.ni.kku.u
全日本航空；全日空 (All Nippon Airways；ANA)

ユナイテッド航空（こうくう）
yu.na.i.te.ddo.ko.u.ku.u
美國聯合航空 (United Airlines)

デルタ航空（こうくう）
de.ru.ta.ko.u.ku.u
美國達美航空 (Delta Air)

ジェットスター
je.tto./su.ta.a
捷星航空 (Jetstar)

ピーチ航空（こうくう）
pi.i.chi.ko.u.ku.u
樂桃航空 (Peach Aviation)

スクート
su.ku.u.to
酷航 (Scoot)

バニラエア
ba.ni.ra./e.a
香草航空 (Vanilla Air)

タイガーエア
ta.i.ga.a./e.a
虎航 (Tigerair)

●何時から搭乗手続きができますか？

na.n.ji.ka.ra./to.u.jo.u.te.tsu.zu.ki.ga./de.ki.ma.su.ka

請問幾點開始辦理登機手續？

會話試一試

A すみません、何時から搭乗手続きができますか？

su.mi.ma.se.n　na.n.ji.ka.ra./to.u.jo.u.te.tsu.zu.ki.ga./de.ki.ma.su.ka

不好意思，幾點開始辦理登機手續？

B お客様の航空券を見せていただけませんか？

o.kya.ku.sa.ma.no./ko.u.ku.u.ke.n.o./mi.se.te.i.ta.da.ke.ma.se.n.ka

可以給我看一下您的機票嗎？

A はい。

ha.i

好。

B 既に手続きが始まってますので、

su.de.ni./te.tsu.zu.ki.ga./ha.ji.ma.tte.ma.su.no.de.

已經開始登記了，

こちらで並んでお待ちください。

ko.chi.ra.de./na.ra.n.de./o.ma.chi.ku.da.sa.i

請在這裡排隊稍後。

A すみません、何時から搭乗手続きができますか？

su.mi.ma.se.n　na.n.ji.ka.ra./to.u.jo.u.te.tsu.zu.ki.ga./de.ki.ma.su.ka

不好意思，幾點開始辦理登機手續？

B お客様は何時の便に搭乗する予定ですか？

o.kya.ku.sa.ma.wa./na.n.ji.no.bi.n.ni./to.u.jo.u.su.ru.yo.te.i.de.su.ka

請問您搭乘的是幾點的班機？

A 午後２時の便です。

go.go./ni.ji.no.bi.n.de.su

下午2點的班機。

B ご搭乗手続きは出発時刻の２時間前から

go.to.u.jo.u.te.tsu.zu.ki.wa./shu.ppa.tsu.ji.ko.ku.no./ni.ji.ka.n.ma.e.ka.ra.

行っておりますので、

o.ko.na.tte.o.ri.ma.su.no.de

登機手續是在起飛前兩小時開始，

お客様は１２時から、ご搭乗手続きができます。

o.kya.ku.sa.ma.wa./jyu.u.ni.ji.ka.ra　go.to.u.jo.u.te.tsu.zu.ki.ga./de.ki.ma.su.

登機手續會在起飛前兩小時開始，您可以在 12 點後辦理。

●窓側の席をお願いします。

ma.do.ga.wa.no.se.ki.o./o.ne.ga.i.shi.ma.su

麻煩給我靠窗的位置。

會話試一試

A 窓側と通路側、どちらのお席がよろしいでしょうか？

ma.do.ga.wa.to./tsu.u.ro.ga.wa　do.chi.ra.no.o.se.ki.ga./yo.ro.shi.de.sho.u.ka

您想要靠窗的位置還是靠走道的位置。

B 窓側の席をお願いします。

ma.do.ga.wa.no.se.ki.o./o.ne.ga.i.shi.ma.su

麻煩給我靠窗的位置。

A 承知しました。今、窓側で空席は、

sho.u.chi.shi.ma.shi.ta　i.ma　ma.do.ga.wa.de./ku.u.se.ki.wa./

お手洗いの附近になります。

o.te.a.ra.i.no./fu.ki.n.ni.na.ri.ma.su.

好的。現在，靠窗的空位只有廁所附近的，

よろしいでしょうか？

yo.ro.shi.i.de.sho.u.ka

您可以接受嗎？

B 大丈夫(だいじょうぶ)です。お願(ねが)いします。

da.i.jo.u.bu.de.su　o.ne.ga.i.shi.ma.su

沒關係。麻煩你了。

MP3 122

•一點點補充•

如果想要靠走道的位置，可以説→

✏ 通路側(つうろがわ)の席(せき)をお願(ねが)いします。

tsu.u.ro.ga.wa.no./se.ki.o./o.ne.ga.i.shi.ma.su

麻煩給我走道的位置。

並不是所有班機都可以要求座位，但如果想問問是否可以選座位的話，可以説→

✏ （窓側(まどがわ)）の席(せき)をお願(ねが)いできますか？

ma.do.ga.wa.no./se.ki.o./o.ne.ga.i.de.ki.ma.su.ka

可以選（靠窗）的位置嗎？

✏ （通路側(つうろがわ)）の席(せき)をお願(ねが)いできますか？

tsu.u.ro.ga.wa.no./se.ki.o./o.ne.ga.i.de.ki.ma.su.ka

可以選（靠走道）的位置嗎？

●ちょっと傍で荷物を整えることができますか？

cho.tto.so.ba.de./ni.mo.tsu.o./to.to.no.e.ru.ko.to.ga./de.ki.ma.su.ka

可以在旁邊稍微整理行李嗎？

會話試一試

A お客様、お荷物が規定重量を超えているので、

o.kya.ku.sa.ma　o.ni.mo.tsu.ga./ki.te.i.ju.u.ryo.u.o./ko.e.te.i.ru.no.de

您的行李超過規定公斤數，

追加料金が必要になるのですが…

tsu.i.ka.ryo.u.ki.n.ga./hi.tsu.yo.u.ni.na.ru.no.de.su.ga

需要額外收錢。

B あ！どうしようかな…

a　do.u.shi.yo.u.ka.na.

啊！怎麼辦啊？

ちょっと傍で荷物を整えることができますか？

cho.tto.so.ba.de./ni.mo.tsu.o./to.to.no.e.ru.ko.to.ga./de.ki.ma.su.ka

可以在旁邊稍微整理行李嗎？

A はい、できます。ですが、申し訳ございませんが、

ha.i　de.ki.ma.su　de.su.ga mo.u.shi.wa.ke.go.za.i.ma.se.n.ga

好的，沒問題。但是，非常抱歉，

後ろのお客様を先に案内させていただきます。

u.shi.ro.no.o.kya.ku.sa.ma.o./sa.ki.ni./a.n.na.i.sa.se.te.i.ta.da.ki.ma.su

請讓我先服務後面的客人。

MP3 123

•相關單字•

チェックインカウンター (Check-In Counter)
che.kku.i.n./ka.u.n.ta.a
辦理登機櫃台

カウンター (Counter)
ka.u.n.ta.a
櫃台

搭乗手続き
to.u.jo.u.te.tsu.zu.ki
登機手續

手続き
te.tsu.zu.ki
手續

既に（すでに）
su.de.ni
已經

窓側（まどがわ）
ma.do.ga.wa
窗邊；靠窗

通路側（つうろがわ）
tsu.u.ro.ga.wa
走道側；靠走道

お手洗い（てあらい）
o.te.a.ra.i
廁所；洗手間

多為年紀較大的人使用。
相同意思的「トイレ」則較口語，也較多人使用。

傍（そば）
so.ba
旁邊

整える（ととのえる）
to.to.no.e.ru
整理

額外附錄

124

▸生病

說明

在日本看醫生花費昂貴，且需要額外付費買藥，若是需要診斷書也是一筆費用。如果情況不嚴重，可以考慮到有藥師的藥妝店或藥局找成藥購買。

● この近(ちか)くにクリニックはありますか？

ko.no.chi.ka.ku.ni./ku.ri.ni.kku.wa./a.ri.ma.su.ka

請問這附近有診所嗎？

會話試一試

A すみません、この近(ちか)くにクリニックはありますか？

su.mi.ma.se.n ko.no.chi.ka.ku.ni./ku.ri.ni.kku.wa./a.ri.ma.su.ka

不好意思，請問這附近有診所嗎？

B はい、ここから三(みっ)つ目(め)の角(かど)を右(みぎ)に曲(ま)がったら、

ha.i ko.ko.ka.ra./mi.ttsu.me.no./ka.do.o./mi.gi.ni./ma.ga.tta.ra

有的，從這裡走到第三個街口向右轉，

<ruby>右手側<rt>みぎてがわ</rt></ruby>にあります。

mi.gi.te.ga.wa.ni./a.ri.ma.su

就在右手邊。

<ruby>地図<rt>ちず</rt></ruby>のこの<ruby>辺<rt>へん</rt></ruby>です。

chi.zu.no./ko.no.he.n.de.su

在地圖的這附近。

A わかりました。ありがとうございます。

wa.ka.ri.ma.shi.ta　a.ri.ga.to.u.go.za.i.ma.su

我知道了。謝謝。

MP3 125

•一點點補充•

也可以直接問→

✏ クリニックはどこにありますか？

ku.ri.ni.kku.wa./do.ko.ni./a.ri.ma.su.ka

請問哪裡有診所嗎？

想找醫院的話可以説→

✏ この<ruby>近<rt>ちか</rt></ruby>くに<ruby>病院<rt>びょういん</rt></ruby>はありますか？

ko.no.chi.ka.ku.ni./byo.u.i.n.wa./a.ri.ma.su.ka

請問這附近有醫院嗎？

✏ <ruby>病院<rt>びょういん</rt></ruby>はどこにありますか？

byo.u.i.n.wa./do.ko.ni./a.ri.ma.su.ka

請問哪裡有醫院嗎？

● この近くに小児科はありますか？

ko.no.chi.ka.ku.ni./sho.u.ni.ka.wa./a.ri.ma.su.ka

請問這附近有小兒科嗎？

會話試一試

A すみません、この近くに小児科はありますか？

su.mi.ma.se.n ko.no.chi.ka.ku.ni./sho.u.ni.ka.wa./a.ri.ma.su.ka

不好意思，請問這附近有小兒科嗎？

B はい、あります。地図のこちらはホテルで、

ha.i.a.ri.ma.su chi.zu.no./ko.chi.ra.wa./ho.te.ru.de

是，有的。飯店在地圖的這裡。

一番近い小児科はこちらでございます。

i.chi.ba.n.chi.ka.i./sho.u.ni.ka.wa./ko.chi.ra.de.go.za.i.ma.su

離這最近的小兒科在這裡。

A わかりました。ありがとうございます。この地図をもらえませんか？

wa.ka.ri.ma.shi.ta a.ri.ga.to.u.go.za.i.ma.su ko.no.chi.zu.o./mo.ra.e.ma.se.n.ka

我知道了。謝謝。可以給我這個地圖嗎？

B はい、もちろんです。

ha.i mo.chi.ro.n.de.su

好，當然可以。

126

•相關單字•

内科（ないか）
na.i.ka
內科

外科（げか）
ge.ka
外科

小児科（しょうにか）
sho.u.ni.ka
小兒科

耳鼻咽喉科（じびいんこうか）
ji.bi.i.n.ko.u.ka
耳鼻喉科

胃腸科（いちょうか）
i.cho.u.ka
腸胃科

皮膚科（ひふか）
hi.hu.ka
皮膚科

歯科（しか）
shi.ka
牙科

眼科（がんか）
ga.n.ka
眼科

●診てもらいたいんですが。

mi.te.mo.ra.i.ta.i.n.de.su.ga

我想看醫生。

會話試一試

A すみません、熱があります。診てもらいたいんですが…

su.mi.ma.se.n./ne.tsu.ga./a.ri.ma.su mi.te.mo.ra.i.ta.i.n.de.su.ga

不好意思，我發燒了。我想看醫生。

B 予約はありますか？

yo.ya.ku.wa./a.ri.ma.su.ka

請問有預約嗎？

A いいえ。

i.i.e

沒有。

B 初診ですか？

sho.shi.n.de.su.ka

是第一次來嗎？

A はい。

ha.i

對。

B では、この診察申込書をご記入ください。

de.wa ko.no.shi.n.sa.tsu.mo.u.shi.ko.mi.sho.o./go.ki.nyu.u.ku.da.sa.i

那麼，請您填寫這份診斷申請書。

• どうしましたか？

do.u.shi.ma.shi.ta.ka

怎麼了嗎？

會話試一試

A どうしましたか？

do.u.shi.ma.shi.ta.ka

怎麼了嗎？

B 熱(ねつ)が出(で)ました。

ne.tsu.ga./de.ma.shi.ta

我發燒了。

A いつからですか？

i.tsu.ka.ra.de.su.ka

什麼時候開始發燒的?

B 昨日(きのう)の夜(よる)からです。

ki.no.u.no./yo.ru.ka.ra.de.su

昨天晚上開始。

A 風邪(かぜ)ですね。では、3日分(みっかぶん)の薬(くすり)を出(だ)しておきますね。

ka.ze.de.su.ne　de.wa　mi.kka.bu.n.no./ku.su.ri.o./da.shi.te.o.ki.ma.su.ne

是感冒了。那我先開三天的藥給你。

B はい、ありがとうございます。

ha.i.a.ri.ga.to.u.go.za.i.ma.su

好的，謝謝。

一點點補充

此句為醫生所說，請注意B的回答。

各種症狀的說法

熱が出ました。
ne.tsu.ga./de.ma.shi.ta
發燒。

喉が痛いです。
no.do.ga./i.ta.i.de.su
喉嚨痛。

頭が痛いです。
a.ta.ma.ga./i.ta.i.de.su
頭痛。

咳が出ます。
se.ki.ga./de.ma.su
咳嗽。

鼻水が出ます。
ha.na.mi.zu.ga./de.ma.su
流鼻涕。

お腹が痛いです。
o.na.ka.ga./i.ta.i.de.su
肚子痛。

胃が痛いです。
i.ga./i.ta.i.de.su
胃痛。

MP3 128

胃がもたれるんです。
i.ga./mo.ta.re.ru.n.de.su
胃脹。／消化不良。

吐き気がします。
ha.ki.ke.ga./shi.ma.su
想吐。

下痢をしています。
ge.ri.o./shi.te.i.ma.su
拉肚子。

手にやけどしました。
te.ni./ya.ke.do.shi.ma.shi.ta
手燙傷了。

発疹が出ています。
ho.sshi.n.ga./de.te.i.ma.su
長疹子。

若是不曉得痛的地方日文怎麼説，可以指著那個部位説→

ここが痛いです。
ko.ko.ga./i.ta.i.de.su
這裡痛。

●風邪薬（かぜぐすり）はありますか？

ka.ze.gu.su.ri.wa./a.ri.ma.su.ka

請問有感冒藥嗎？

會話試一試

A すみません、風邪薬（かぜぐすり）はありますか？

su.mi.ma.se.n　ka.ze.gu.su.ri.wa./a.ri.ma.su.ka

不好意思，請問有感冒藥嗎？

B はい、あります。どのような症状（しょうじょう）ですか？

ha.i　a.ri.ma.su　do.no.yo.u.na./sho.u.jo.u.de.su.ka

是，有的。請問您有什麼症狀呢？

A 熱（ねつ）はなくて、喉（のど）の痛（いた）みと咳（せき）だけですね。

ne.tsu.wa./na.ku.te.　no.do.no.i.ta.mi.to./se.ki.da.ke.de.su.ne

沒有發燒，只有喉嚨痛和咳嗽。

B では、この風邪薬（かぜぐすり）がおすすめです。

de.wa　ko.no.ka.ze.gu.su.ri.ga./o.su.su.me.de.su

那樣的話，我推薦這款感冒藥。

A はい、ありがとうございます。

ha.i　a.ri.ga.to.u.go.za.i.ma.su

好的，謝謝。

•一點點補充•

這句是自行去藥局買藥時所用的句子。某些藥妝店會有藥劑師，可以跟他説症狀，請他拿藥給你。

常見藥品的日文

風邪薬（かぜぐすり）
ka.ze.gu.su.ri
感冒藥

頭痛薬（ずつうやく）
zu.tsu.u.ya.ku
頭痛藥

痛み止め（いたみどめ）
i.ta.mi.do.me
止痛藥

解熱剤（げねつざい）
ge.ne.tsu.za.i
退燒藥

胃薬（いぐすり）
i.gu.su.ri
胃藥

下痢止め（げりどめ）
ge.ri.do.me
止瀉藥

●何か副作用がありますか？

na.ni.ka./fu.ku.sa.yo.u.ga./a.ri.ma.su.ka

請問有什麼副作用嗎？

會話試一試

A すみません、生理痛に効く痛み止めがありますか？

su.mi.ma.se.n se.i.ri.tsu.u.ni./ki.ku.i.ta.mi.do.me.ga./a.ri.ma.su.ka

不好意思，請問有生理痛的止痛藥嗎？

B はい、あります。この薬がおすすめです。

ha.i a.ri.ma.su ko.no.ku.su.ri.ga./o.su.su.me.de.su

是，有的。我推薦這款。

A 何か副作用がありますか？

na.ni.ka./fu.ku.sa.yo.u.ga./a.ri.ma.su.ka

請問有什麼副作用嗎？

B 人によっては眠気が起きることがあるので、

hi.to.ni.yo.tte.wa./ne.mu.ke.ga./o.ki.ru.ko.to.ga./a.ru.no.de

根據每個人的體質，可能會有想睡覺的狀況，

運転する際などは気をつけてください。

u.n.te.n.su.ru.sa.i./na.do.wa./ki.o.tsu.ke.te.ku.da.sa.i

最好不要在開車等狀況下吃這款止痛藥。

▶郵寄

● これらの葉書(はがき)を台湾(たいわん)まで送(おく)りたいです。

ko.re.ra.no./ha.ga.ki.o./ta.i.wa.n.ma.de./o.ku.ri.ta.i.de.su

我想把這些明信片寄到台灣。

會話試一試

A すみません、これらの葉書(はがき)を台湾(たいわん)まで送(おく)りたいです。

su.mi.ma.se.n　ko.re.ra.no./ha.ga.ki.o./ta.i.wa.n.ma.de./o.ku.ri.ta.i.de.su

不好意思，我想把這些明信片寄到台灣。

B はい。切手(きって)をここに貼(は)ってよろしいですか？

ha.i　ki.tte.o./ko.ko.ni./ha.tte.yo.ro.shi.i.de.su.ka

好的，請問郵票可以貼這裡嗎？

A はい。

ha.i

可以。

B ５枚(ごまい)で、３５０円(さんびゃくごじゅうえん)でございます。

go.ma.i.de　sa.n.bya.ku./go.ju.u.e.n.de.go.za.i.ma.su

5張，350日圓。

●葉書を台湾まで送りたいですが、いくらの切手を貼ればいいですか？

ha.ga.ki.o./ta.i.wa.n.ma.de./o.ku.ri.ta.i.de.su.ga i.ku.ra.no./ki.tte.o./ha.re.ba./i.i.de.su.ka

我想寄明信片到台灣，請問要貼多少錢的郵票？

會話試一試

A すみません、

su.mi.ma.se.n

不好意思，

葉書を台湾まで送りたいですが、

ha.ga.ki.o./ta.i.wa.n.ma.de./o.ku.ri.ta.i.de.su.ga

我想寄明信片到台灣，

いくらの切手を貼ればいいですか？

i.ku.ra.no./ki.tte.o./ha.re.ba./i.i.de.su.ka

請問要貼多少錢的郵票？

B 航空便で７０円で、船便で６０円でございます。

ko.u.ku.u.bi.n.de./na.na.ju.u.e.n.de fu.na.bi.n.de./ro.ku.ju.u.e.n.de.go.za.i.ma.su

空運70日圓，船運60日圓。

A では、７０円の切手を３枚ください。

de.wa na.na.ju.u.e.n.no./ki.tte.o./sa.n.ma.i./ku.da.sa.i

那麼，請給我70日圓的郵票3張。

B わかりました。

wa.ka.ri.ma.shi.ta

好的。

說明

目前在日本寄明信片到國外都是一張70日圓，而在許多觀光勝地會賣一些形狀很特別的明信片，寄那種明信片會比較貴，確實價格要去問郵局人員才會知道哦！
要記得！寄到台灣的明信片記得要在上面寫上台湾或是TAIWAN，地址是要給台灣郵局看的，所以寫中文也可以哦！

MP3 131

●この荷物(にもつ)を台湾(たいわん)まで送(おく)りたいです。

ko.no.ni.mo.tsu.o./ta.i.wa.n.ma.de./o.ku.ri.ta.i.de.su

我想將這個包裹寄到台灣。

會話試一試

A すみません、この荷物(にもつ)を台湾(たいわん)まで送(おく)りたいです。

su.mi.ma.se.n ko.no.ni.mo.tsu.o./ta.i.wa.n.ma.de./o.ku.ri.ta.i.de.su

不好意思，我想將這個包裹寄到台灣。

B はい。どのような配達方法(はいたつほうほう)がよろしいですか？

ha.i do.no.yo.u.na./ha.i.ta.tsu.ho.u.ho.u.ga./yo.ro.shi.i.de.su.ka

好的。請問您想怎麼寄？

A 一番早(いちばんはや)いのはどれですか？

i.chi.ba.n.ha.ya.i.no.wa./do.re.de.su.ka

最快的方法是哪一種？

B EMS(イーエムエス)でございます。3日(みっか)くらいで届(とど)くと思(おも)います。

i.i.e.mu.e.su.de.go.za.i.ma.su mi.kka.ku.ra.i.de./to.do.ku.to./o.mo.i.ma.su

EMS快捷是最快的。大約3天左右就會到。

A では、それにします。

de.wa　so.re.ni.shi.ma.su

那就用那個。

 MP3 132

•一點點補充•

想問最快的寄送方法是什麼，可以說→

✏ 一番早(いちばんはや)いのはどれですか？

i.chi.ba.n.ha.ya.i.no.wa./do.re.de.su.ka

最快的方法是哪一種？

想問最便宜的寄送方法是什麼，可以說→

✏ 一番安(いちばんやす)いのはどれですか？

i.chi.ba.n.ya.su.i.no.wa./do.re.de.su.ka

最便宜的方法是哪一種？

想要最快的寄送方法時，可以說→

✏ 一番早(いちばんはや)い送(おく)り方(かた)で送(おく)ってください。

i.chi.ba.n.ha.ya.i./o.ku.ri.ka.ta.de./o.ku.tte.ku.da.sa.i

請用最快到的方法寄送。

想要最便宜的寄送方法時，可以說→

✏ 一番安(いちばんやす)い送(おく)り方(かた)で送(おく)ってください。

i.chi.ba.n.ya.su.i./o.ku.ri.ka.ta.de./o.ku.tte.ku.da.sa.i

請用最便宜的方法寄送。

● どのくらいで届(とど)きますか？

do.no.ku.ra.i.de./to.do.ki.ma.su.ka

請問大概多久會寄到？

會話試一試

A すみません、この荷物(にもつ)を台湾(たいわん)まで送(おく)りたいです。

su.mi.ma.se.n ko.no.ni.mo.tsu.o./ta.i.wa.n.ma.de./o.ku.ri.ta.i.de.su

不好意思，我想將這個包裹寄到台灣。

B はい。どのような配達方法(はいたつほうほう)がよろしいですか？

ha.i　do.no.yo.u.na./ha.i.ta.tsu.ho.u.ho.u.ga./yo.ro.shi.i.de.su.ka

好的。請問您想怎麼寄？

A 一番安(いちばんやす)いのはどれですか？

i.chi.ba.n.ya.su.i.no.wa./do.re.de.su.ka

最便宜的方法是哪一種？

B 船便(ふなびん)でございます。

fu.na.bi.n.de.go.za.i.ma.su

是船運。

大体(だいたい)２０００円(にせんえん)くらいだと思(おも)います。

da.i.ta.i./ni.se.n.e.n.ku.ra.i.da.to./o.mo.i.ma.su

大約要2000日圓。

A どのくらいで届きますか？
do.no.ku.ra.i.de./to.do.ki.ma.su.ka
大概多久會到？

B 2、3週くらいで届くと思います。
ni sa.n.shu.u.ku.ra.i.de./to.do.ku.to./o.mo.i.ma.su

MP3 133

•一點點補充•

想直接問多久會到台灣，可以説→

✏ この荷物を台湾まで、
ko.no.ni.mo.tsu.o./ta.i.wa.n.ma.de
這個行李寄到台灣，

船便だとどのくらいで届きますか？
fu.na.bi.n.da.to./do.no.ku.ra.i.de./to.do.ki.ma.su.ka
用船運多久會寄到？

✏ 航空便だとどのくらいで届きますか？
ko.u.ku.u.bi.n.da.to./do.no.ku.ra.i.de./to.do.ki.ma.su.ka
用空運多久會寄到？

✏ EMSだとどのくらいで届きますか？
i.i.e.mu.e.su.da.to./do.no.ku.ra.i.de./to.do.ki.ma.su.ka
用EMS快捷多久會到？

●葉書を台湾まで送ったら、どのくらいで届きますか？

ha.ga.ki.o./ta.i.wa.n.ma.de./o.ku.tta.ra do.no.ku.ra.i.de./to.do.ki.ma.su.ka

請問寄明信片到台灣，多久會到？

會話試一試

A すみません、葉書を台湾まで送ったら、どのくらいで届きますか？

su.mi.ma.se.n ha.ga.ki.o./ta.i.wa.n.ma.de./o.ku.tta.ra do.no.ku.ra.i.de./to.do.ki.ma.su.ka

不好意思，請問寄明信片到台灣，多久會到？

B 航空便でしたら、4、5日くらいで届くと思います。

ko.u.ku.u.bi.n.de.shi.ta.ra shi go.ni.chi.ku.ra.i.de./to.do.ku.to./o.mo.i.ma.su

空運的話，大約4、5天會到。

A わかりました。ありがとうございます。

wa.ka.ri.ma.shi.ta a.ri.ga.to.u.go.za.i.ma.su

我知道了。謝謝。

MP3 134

•一點點補充•

✏ 葉書（はがき）
ha.ga.ki
明信片

✏ 手紙（てがみ）
te.ga.mi
信

✏ 小包（こづつみ）
ko.zu.tsu.mi
包裹

•相關單字•

各國家名

如果想要寄信、包裹到其他國家，只要把以上的句子裡「台湾（たいわん）」改成其他國家名就可以囉！

亞洲

台湾（たいわん）
ta.i.wa.n
台灣

日本（にほん）
ni.ho.n
日本

中国（ちゅうごく）
chu.u.go.ku
中國

香港（ほんこん）
ho.n.ko.n
香港

マカオ
ma.ka.o
澳門

韓国（かんこく）
ka.n.ko.ku
韓國

シンガポール
shi.n.ga.po.o.ru
新加坡

マレーシア
ma.re.e.shi.a
馬來西亞

タイ
ta.i
泰國

フィリピン
fi.ri.pi.n
菲律賓

オーストラリア
o.o.su.to.ra.ri.a
澳洲

ニュージーランド
nyu.u.ji.i.ra.n.do
紐西蘭

MP3 135

美洲

アメリカ
a.me.ri.ka
美國

カナダ
ka.na.da
加拿大

メキシコ
ma.ki.shi.ko
墨西哥

歐洲

イギリス
i.gi.ri.su
英國

フランス
fu.ra.n.su
法國

ドイツ
do.i.tsu
德國

オランダ
o.ra.n.da
荷蘭

スイス
su.i.su
瑞士

アイスランド
a.i.su./ra.n.do
冰島

ベルギー
be.ru.gi.i
比利時

イタリア
i.ta.ri.a
義大利

スペイン
su.pe.i.n
西班牙

ギリシャ
gi.ri.sha
希臘

ロシア
ro.shi.a
俄羅斯

中東

サウジアラビア
sa.u.ji.a.ra.bi.a
沙烏地阿拉伯

アラブ
a.ra.bu
阿拉伯

非洲

エジプト
e.ji.pu.to
埃及

ケニア
ke.ni.a
肯亞

南(みなみ)アフリカ
mi.na.mi./a.fu.ri.ka
南非

•相關單字•

郵局相關單字

郵便局(ゆうびんきょく)
yu.u.bi.n.kyo.ku
郵局

ポスト
po.su.to
郵筒

きって
切手
ki.tte
郵票

ふうとう
封筒
fu.u.to.u
信封

びんせん
便箋
bi.n.se.n
信紙

こうくうびん
航空便
ko.u.ku.u.bi.n
空運

ふなびん
船便
fu.na.bi.n
船運

そくたつ
速達
so.ku.ta.tsu
快遞

かきとめ
書留
ka.ki.to.me
掛號 (信件)

なかみ
中身
na.ka.mi
內容物

MP3 137

▸ 迷路

● 道（みち）に迷（まよ）ったんですが。

mi.chi.ni./ma.yo.tta.n.de.su.ga

我迷路了。

會話試一試

A 道（みち）に迷（まよ）ったんですが…

mi.chi.ni./ma.yo.tta.n.de.su.ga

我迷路了……

B どこに行（い）きたいですか？

do.ko.ni./i.ki.ta.i.de.su.ka

請問你想去哪裡？

A このホテルです。

ko.no.ho.te.ru.de.su

這間飯店。(給對方看飯店的名字或地圖)

B 向（むこ）うにありますよ。

mu.ko.u.ni./a.ri.ma.su.yo

就在對面哦。

A あ！わかりました。ありがとうございます。

a　wa.ka.ri.ma.shi.ta　a.ri.ga.to.u.go.za.i.ma.su

啊！我知道了。謝謝。

●ここはどこですか？

ko.ko.wa./do.ko.de.su.ka

請問這裡是哪裡？

會話試一試

A すみません、ここはどこですか？

su.mi.ma.se.n　ko.ko.wa./do.ko.de.su.ka

不好意思，請問這裡是哪裡？(給對方看地圖)

B え…この辺だと思います。

e　ko.no.he.n.da.to./o.mo.i.ma.su

嗯……大概在這附近。

A わかりました。ありがとうございます。

wa.ka.ri.ma.shi.ta　a.ri.ga.to.u.go.za.i.ma.su

我知道了。謝謝。

B どこに行きますか？

do.ko.ni./i.ki.ma.su.ka

你要去哪裡？

A 心斎橋です。

shi.n.sa.i.ba.shi.de.su

心齋橋。

B 心斎橋はこの道をまっすぐ行って、一番目の横の道です。

shi.n.sa.i.ba.shi.wa./ko.no.mi.chi.o./ma.ssu.gu./i.tte　i.chi.ba.n.me.no./yo.ko.no./mi.chi.de.su

從這裡直走，第一個遇到的路就是了。

138

●どうやって行きますか？

do.u.ya.tte./i.ki.ma.su.ka

要怎麼去？

會話試一試

A すみません、ここにはどうやって行きますか？

su.mi.ma.se.n ko.ko.ni.wa./do.u.ya.tte./i.ki.ma.su.ka

不好意思，請問要怎麼去這裡？

B 駅の3番出口を出るところは地図のここですね。

e.ki.no./sa.n.ba.n.de.gu.chi.o./de.ru.to.ko.ro.wa./chi.zu.no./ko.ko.de.su.ne

車站的3號出口出去會到地圖的這裡。

この道を少し歩いて、右手側にあります。

ko.no.mi.chi.o./su.ko.shi./a.ru.i.te mi.gi.te.ga.wa.ni./a.ri.ma.su

這條路走一下，在右手邊。

A わかりました。ありがとうございます。

wa.ka.ri.ma.shi.ta a.ri.ga.to.u.go.za.i.ma.su

我知道了。謝謝。

•一點點補充•

✏(ここ)にはどうやって行きますか？
ko.ko.ni.wa./do.u.ya.tte./i.ki.ma.su.ka
請問要怎麼去這裡？

✏(この店)にはどうやって行きますか？
ko.no.mi.se.ni.wa./do.u.ya.tte./i.ki.ma.su.ka
請問要怎麼去這間店？(給對方看地圖或店名)

✏(このレストラン)にはどうやって行きますか？
ko.no.re.su.to.ra.n.ni.wa./do.u.ya.tte./i.ki.ma.su.ka
請問要怎麼去這間餐廳？(給對方看地圖或店名)

✏(この神社) にはどうやって行きますか？
ko.no.ji.n.ja.ni.wa./do.u.ya.tte./i.ki.ma.su.ka
請問要怎麼去這個神社？(給對方看地圖或神社名)

▸遺失

到了國外要小心、注意自己的物品不要遺失！如果不幸真的遺失護照要補辦的話，可以去找最近的「交番(こうばん)(派出所)」報案，取得報案證明後，前往「台北駐日經濟文化代表處」申請紙本身分證明。

記得在台灣就要準備：

1 護照影本(請一定要把影本和護照本人分開放哦！)
2 幾張證件照片(至少4張，辦事處有快照機。)

台北駐日經濟文化代表處

地址：〒108-0071 東京都港区白金台5-20-2
從JR山手線「目黒駅」走路10分鐘。
從地下鐵南北線・三田線的「白金台駅」1號(1番)出口走路5分鐘。
外館緊急聯絡電話：(81-3) 32807917
日本境內直撥行動電話：080-1009-7179, 080-1009-7436
分處：
橫濱、那霸(沖繩)、札幌(北海道)、大阪、福岡(九州)，含東京共6處，皆可處理護照遺失、緊急就醫、被捕、搶劫等緊急狀況。
網址： http：//web.roc-taiwan.org/jp/index.html

以上資料來自台北駐日經濟文化代表處官方網站(更新日期2021.12)

如果在日本沒有網路隨身的話，可以事先影印下關於台灣駐日代表的相關資料(地址、電話等等)。另外提醒，補辦的護照只有3年期效哦！

MP3 139

•一點點補充•

✏ 交番（こうばん）はどこですか？
ko.u.ba.n.wa./do.ko.de.su.ka
請問派出所在哪裡？

✏ (_____)を盗（ぬす）まれました。
o./nu.su.ma.re.ma.shi.ta
(_____)被偷了。

✏ (_____)をなくしました。
o./na.ku.shi.ma.shi.ta
(_____)不見了。

✏ (_____)を落（お）としました。
o./o.to.shi.ma.shi.ta
(_____)掉了 (遺失了)。

140

● 財布(さいふ)をなくしました。

sa.i.fu.o./na.ku.shi.ma.shi.ta

錢包不見了。

會話試一試

A すみません、財布(さいふ)をなくしました。

su.mi.ma.se.n　sa.i.fu.o./na.ku.shi.ma.shi.ta

不好意思，我的錢包不見了。

B 電車(でんしゃ)の中(なか)ですか？

de.n.sha.no./na.ka.de.su.ka

在電車裡不見的嗎？

A はい。

ha.i

對。

B 切符(きっぷ)を見(み)せていただけませんか？

ki.ppu.o./mi.se.te.i.ta.da.ke.ma.se.n.ka

可以給我看一下您的車票嗎？

A はい。こちらです。

ha.i　ko.chi.ra.de.su

好的。在這裡。

• 店で携帯電話を置き忘れました。

mi.se.de./ke.i.ta.i.de.n.wa.o./o.ki.wa.su.re.ma.shi.ta

我把手機忘在店裡了。

會話試一試

A すみません、店で携帯電話を置き忘れました。

su.mi.ma.se.n　mi.se.de./ke.i.ta.i.de.n.wa.o./o.ki.wa.su.re.ma.shi.ta

B あ！はい。ソニーのですね。

a　ha.i　so.ni.i.no.de.su.ne

啊！ 有的。是Sony的對嗎？

A はい。

ha.i

對。

B 少々お待ちください。

sho.u.sho.u.o.ma.chi.ku.da.sa.i

請稍等。

A はい。ありがとうございます。

ha.ia.ri.ga.to.u.go.za.i.ma.su

好的。謝謝。

141

•相關單字•

旅行時要隨時注意這些東西

パスポート
pa.su.po.o.to
護照

財布（さいふ）
sa.i.fu
錢包

お金（かね）
o.ka.ne
錢

クレジットカード(Credit Card)
ku.re.ji.tto./ka.a.do
信用卡

携帯電話（けいたいでんわ）
ke.i.ta.i./de.n.wa
手機

スマートフォン(Smartphone)
su.ma.a.to./fo.n
智慧型手機

鞄（かばん）
ka.ba.n
包包

荷物（にもつ）
ni.mo.tsu
行李

通

數字總整理

MP3 142

▸數字、金額、時間

●基本數字

會話試一試

A お部屋(へや)は何号室(なんごうしつ)ですか？
o.he.ya.wa./na.n.go.u.shi.tsu.de.su.ka
請問您的房間號碼是幾號？

B ３０２(さんまるに)号室(ごうしつ)。
sa.n.ma.ru.ni.go.u.shi.tsu
302號房

數字

0(ぜろ)　0(まる)
ze.ro　ma.ru
編號上多使用「まる」的發音，像是房號；電話號碼則是用「ぜろ」的發音。

1(いち)
i.chi

2(に)
ni

3(さん)
sa.n

4（し）　4（よん）

shi　yo.n

5（ご）

go

6（ろく）

ro.ku

7（しち）　7（なな）

shi.chi　na.na

8（はち）

ha.chi

9（きゅう）　9（く）

kyu.u　ku

10（じゅう）

ju.u

12（じゅうに）

ju.u.ni

25（にじゅうご）

ni.ju.u./go

●金額

會話試一試

A これはいくらですか？

ko.re.wa./i.ku.ra.de.su.ka

請問這個多少錢？

B 249円です。

ni.hya.ku./yo.n.ju.u./kyu.u.e.n.de.su

249日圓。

日圓

價錢的念法規則和中文一樣，數字加上「円」。30日圓就是在「10」前面加「3」，最後以「円」結尾→「30円(さん・じゅう・えん)」。

10円

ju.u.e.n.

10日圓

100円

hya.ku.e.n

100日圓

1000円

1000日圓

10日圓、100日圓、1000日圓不用把「1」唸出來。

10000円

i.chi.ma.n.e.n

10000日圓

144

ひゃくにじゅうよえん
124円
hya.ku./ni.ju.u./yo.e.n
124日圓
在4日圓的4念法是「よ」。4円（よえん）。

さんびゃくえん
300円
sa.n.bya.ku.e.n
300日圓

ろっぴゃくえん
600円
ro.ppya.ku.e.n
600日圓

はっぴゃくえん
800円
ha.ppya.ku.e.n
800日圓

さんぜんえん
3000円
sa.n.ze.n.e.n
3000日圓

はっせんえん
8000円
ha.sse.n.e.n
8000日圓

●月日

會日期的説法和中文一樣「月+日」。

✏ 5月3日（ごがつみっか）

go.ga.tsu./mi.kka

月份

念法是「數字+月（がつ）」

1月（いちがつ）
i.chi.ga.tsu

2月（にがつ）
ni.ga.tsu

3月（さんがつ）
sa.n.ga.tsu

4月（しがつ）
shi.ga.tsu

5月（ごがつ）
go.ga.tsu

6月（ろくがつ）
ro.ku.ga.tsu

7月（しちがつ）
shi.chi.ga.tsu

8月（はちがつ）
ha.chi.ga.tsu

9月（くがつ）
ku.ga.tsu

MP3 145

1 0月（じゅうがつ）
ju.u.ga.tsu

1 1月（じゅういちがつ）
ju.u.i.chi.ga.tsu

1 2月（じゅうにがつ）
ju.u.ni.ga.tsu

日期

除了1號~10號、14號、20號、24號的念法不同外，其他日期都是「數字+日（にち）」。

1日（ついたち）
tsu.i.ta.chi
1號

2日（ふつか）
fu.tsu.ka
2號

3日（みっか）
mi.kka
3號

4日（よっか）
yo.kka
4號

5日（いつか）
i.tsu.ka
5號

むいか
6日
mu.i.ka
6號

なのか
7日
na.no.ka
7號

ようか
8日
yo.u.ka
8號

ここのか
9日
ko.ko.no.ka
9號

とおか
10日
to.o.ka
10號

じゅうよっか
14日
ju.u.yo.kka
14號

じゅうくにち
19日
ju.u.ku.ni.chi
19號
19日、29日的9念法都是「く(ku)」。

はつか
20日
ha.tsu.ka
20號

にじゅうよっか
24日
ni.ju.u.yo.kka
24號

146

•月數

A 冬休(ふゆやす)みはどのくらいですか？

fu.yu.ya.su.mi.wa./do.no.ku.ra.i.de.su.ka

寒假大約多久？

B 1か月(いっかげつ)です。

i.kka.ge.tsu.de.su

1個月。

•相關單字•

月數

1か月(いっかげつ)

i.kka.ge.tsu

1個月

2か月(にかげつ)

ni.ka.ge.tsu

2個月

3か月(さんかげつ)

sa.n.ka.ge.tsu

3個月

4か月(よんかげつ)

yo.n.ka.ge.tsu

4個月

5か月
go.ka.ge.tsu
5個月

6か月/ 半年
ro.kka.ge.tsu ha.n.to.shi
6個月 / 半年

7か月
na.na.ka.ge.tsu
7個月

8か月
ha.kka.ge.tsu
8個月

9か月
kyu.u.ka.ge.tsu
9個月

10か月　10か月
ju.kka.ge.tsu ji.kka.ge.tsu
10個月

11か月
ju.u.i.kka.ge.tsu
11個月

12か月 / 1年
ju.u.ni.ka.ge.tsu i.chi.ne.n
12個月/ 1年

•天數

A どのぐらい滞在(たいざい)する予定(よてい)ですか？
do.no.gu.ra.i./ta.i.za.i.su.ru.yo.te.i.de.su.ka
請問您預計在日本待多久？

B 5日間(いつかかん)です。
i.tsu.ka.ka.n.de.su
5天。

•相關單字•

天數

除了1天，其他天數的說法都是「日期+間(かん)」。

1日(いちにち)
i.chi.ni.chi
1天

2日間(ふつかかん)
fu.tsu.ka.ka.n
2天

3日間(みっかかん)
mi.kka.ka.n
3天

4日間（よっかかん）
yo.kka.ka.n
4天

5日間（いつかかん）
i.tsu.ka.ka.n
5天

6日間（むいかかん）
mu.i.ka.ka.n
6天

7日間（なのかかん） / 1週間（いっしゅうかん）
na.no.ka.ka.n i.sshu.u.ka.n
7天/ 1星期

8日間（ようかかん）
yo.u.ka.ka.n
8天

9日間（ここのかかん）
ko.ko.no.ka.ka.n
9天

10日間（とおかかん）
to.o.ka.ka.n
10天

14日間（じゅうよっかかん） / 2週間（にしゅうかん）
ju.u.yo.kka.ka.n ni.shu.u.ka.n
14天/ 2星期

20日間（はつかかん）
ha.tsu.ka.ka.n
20天

●星期

•相關單字•

星期

にちようび
日曜日
ni.chi.yo.u.bi
星期日

げつようび
月曜日
ge.tsu.yo.u.bi
星期一

かようび
火曜日
ka.yo.u.bi
星期二

すいようび
水曜日
su.i.yo.u.bi
星期三

もくようび
木曜日
mo.ku.yo.u.bi
星期四

きんようび
金曜日
ki.n.yo.u.bi
星期五

どようび
土曜日
do.yo.u.bi
星期日

●時間

A 今(いま)、何時(なんじ)ですか？

i.ma　na.n.ji.de.su.ka

現在幾點？

B 午後(ごご)３時(さんじ)２０分(にじっぷん)です。

go.go./sa.n.ji./ni.ji.ppu.n.de.su

下午3點20分。

•相關單字•

時間帶

朝(あさ)

a.sa

早上

夜(よる)

yo.ru

晚上

午前(ごぜん)

go.ze.n

上午

午後(ごご)

go.go

下午

幾點

1時（いちじ）
i.chi.ji
1 點

2時（にじ）
ni.ji
2 點

3時（さんじ）
sa.n.ji
3 點

4時（よじ）
yo.ji
4 點

5時（ごじ）
go.ji
5 點

6時（ろくじ）
ro.ku.ji
6 點

7時（しちじ）
shi.chi.ji
7 點

8時（はちじ）
ha.chi.ji
8 點

くじ
9時
ku.ji
9點

じゅうじ
10時
ju.u.ji
10點

じゅういちじ
11時
ju.u.i.chi.ji
11點

じゅうにじ
12時
ju.u.ni.ji
12點

幾分

日文的「分」有「ふん(fu.n)」和「ぷん(pu.n)」兩種發音。因為發音相似，加上會有數字和話題的幫助，在對話的時候，發音上小偷懶一下也是聽得懂的。

いっぷん
1分
i.ppu.n

にふん
2分
ni.fu.n

さんぷん
3分
sa.n.pu.n

よんぷん
4分
yo.n.pu.n

ごふん
5分
go.fu.n

ろっぷん
6分
ro.ppu.n

ななふん
7分
na.na.fu.n

はっぷん
8分
ha.ppu.n

きゅうふん
9分
kyu.u.fu.n

じゅっぷん　　じっぷん
10分 / 10分
ju.ppu.n　　ji.ppu.n

じゅうごふん
15分
ju.u.go.fu.n

10 分以上的念法和數字一樣，只要注意個位數的念法仍舊是原先的念法。例如 16 分就是「10（じゅう）」+「6分（ろっぷん）」=「16分（じゅうろっぷん）」。

さんじゅっぷん　　さんじっぷん　　はん
30分 / 30分 / 半
sa.n.ju.ppu.n　　sa.n.ji.ppu.n　　ha.n

30 分和中文一樣也有「半」的說法，也一樣是「幾點+半（はん）」。3點半就是「3時（さんじ）」+「半（はん）」=「3時半（さんじはん）」。

●小時

會話試一試

A 台湾から日本へ飛行機で何時間かかりますか？

ta.i.wa.n.ka.ra./ni.ho.n.e./hi.ko.u.ki.de./na.n.ji.ka.n./ka.ka.ri.ma.su.ka

台灣到日本搭飛機要多久？

B 2時間です。

ni.ji.ka.n.de.su

2小時。

•相關單字•

小時
1時間 i.chi.ji.ka.n **1小時**
2時間 ni.ji.ka.n **2小時**
3時間 sa.n.ji.ka.n **3小時**
4時間 yo.ji.ka.n **4小時**

MP3 151

5時間（ごじかん）
go.ji.ka.n
5小時

6時間（ろくじかん）
ro.ku.ji.ka.n
6小時

7時間（ななじかん）　7時間（しちじかん）
na.na.ji.ka.n　shi.chi.ji.ka.n
7小時

8時間（はちじかん）
ha.chi.ji.ka.n
8小時

9時間（くじかん）
ku.ji.ka.n
9小時

10時間（じゅうじかん）
ju.u.ji.ka.n
10小時

24時間（にじゅうよじかん）
ni.ju.u.yo.ji.ka.n
24小時

想說「幾小時半」的話，和「幾點」一樣，在後面加「半（はん）」就可以。

像是，1時間半（いちじかんはん）、2時間半（にじかんはん）……。

▸單位

●個數

會話試一試

A レジ袋(ぶくろ)をもう1(ひと)ついただけますか？

re.ji.bu.ku.ro.o./mo.u.hi.to.tsu./i.ta.da.ke.ma.su.ka

可以再給我一個袋子嗎？

B はい。

ha.i

好的。

•相關單字• MP3 152

個數單位「つ」

「つ」沒有10和10以上的說法。用在除了長條狀(本)以外的物品，也可以用在抽象事物，願望、選擇等等。

例如：「真実(しんじつ)はいつも1(ひと)つ。」(真相永遠只有一個)—名偵探柯南。

1(ひと)つ

hi.to.tsu

1個

2つ（ふた）
fu.ta.tsu
2 個

3つ（みっ）
mi.ttsu
3 個

4つ（よっ）
yo.ttsu
4 個

5つ（いつ）
i.tsu.tsu
5 個

6つ（むっ）
mu.ttsu
6 個

7つ（なな）
na.na.tsu
7 個

8つ（やっ）
ya.ttsu
8 個

9つ（ここの）
ko.ko.no.tsu
9 個

•相關單字•

個數單位「個」

口語上可以代替許多單位詞，但是不會使用在長條狀的物品上。

要表達10個以上的話就使用這個單位，「數字+個（こ）」。

注意促音っ。

1個（いっこ）
i.kko
1個

2個（にこ）
ni.ko
2個

3個（さんこ）
sa.n.ko
3個

4個（よんこ）
yo.n.ko
4個

5個（ごこ）
go.ko
5個

6個（ろっこ）
ro.kko
6個

 153

なな こ
7個
na.na.ko
7 個

はっ こ
8個
ha.kko
8 個

きゅう こ
9個
kyu.u.ko
9 個

じっ こ / じゅっ こ
１０個 / １０個
ji.kko　ju.kko
10 個

にじゅう に こ
２２個
ni.ju.u.ni.ko
22 個

さんじゅうろっ こ
３６個
sa.n.ju.u.ro.kko
36 個

よんじゅっ こ
４０個
yo.n.ju.kko
40 個

•人

會話試一試

A 何名様(なんめいさま)ですか？

na.n.me.i.sa.ma.de.su.ka

請問幾位？

B 2人(ふたり)です。

fu.ta.ri.de.su

2個人。

•相關單字•

人數的單位「人」

除了「1人」、「2人」的念法比較特別，3人以上的說法都是「數字+人(にん)」。

1人(ひとり)

hi.to.ri

1個人

2人(ふたり)

fu.ta.ri

2個人

3人(さんにん)

sa.n.ni.n

3個人

よにん
4人

yo.ni.n

4個人

ごにん
5人

go.ni.n

5個人

ろくにん
6人

ro.ku.ni.n

6個人

ななにん
7人

na.na.ni.n

7個人

はちにん
8人

ha.chi.ni.n

8個人

きゅうにん
9人

kyu.u.ni.n

9個人

じゅうにん
10人

ju.u.ni.n

10個人

•票、衣服、CD

會話試一試

A 東京駅まで3枚ください。

to.u.kyo.u.e.ki.ma.de./sa.n.ma.i./ku.da.sa.i

請給我到東京車站的(車票)3張。

B はい。

ha.i

好的。

•相關單字•

扁平物品單位「枚」

紙張、車票、棉被、枕頭、光碟片等等單位都是「枚」。

念法是「數字+枚」。

1枚

i.chi.ma.i

1張

2枚

ni.ma.i

2張

3枚

sa.n.ma.i

3張

よんまい
4枚
yo.n.ma.i
4張

ごまい
5枚
go.ma.i
5張

ろくまい
6枚
ro.ku.ma.i
6張

ななまい
7枚
na.na.ma.i
7張

はちまい
8枚
ha.chi.ma.i
8張

きゅうまい
9枚
kyu.u.ma.i
9張

じゅうまい
10枚
ju.u.ma.i
10張

●瓶裝、湯匙、雨傘

會話試一試

A これを1本(いっぽん)ください。

ko.re.o./i.ppo.n./ku.da.sa.i

請給我1支這個(雞腿、雞翅等)。

B はい。

ha.i

好的。

•相關單字•

細長物品單位「本」

細長的東西單位幾乎都是「本」，像是鉛筆、雨傘等等。

瓶裝類飲料也可以用，像罐裝啤酒、礦泉水、瓶裝可樂等等。

書本類的單位並不是「本」，是「冊(さつ)」。

10以上的數量只要注意個位數的念法就好了。

注意促音っ和ほん、ぼん、ぽん。

1本(いっぽん)

i.ppo.n

1支(把、根……)

2本(にほん)

ni.ho.n

2支(把、根……)

3本（さんぼん）

sa.n.bo.n

3支(把、根……)

4本（よんほん）

yo.n.ho.n

4支(把、根……)

5本（ごほん）

go.ho.n

5支(把、根……)

6本（ろっぽん）

ro.ppo.n

6支(把、根……)

7本（ななほん）

na.na.ho.n

7支(把、根……)

8本（はっぽん）

ha.ppo.n

8支(把、根……)

9本（きゅうほん）

kyu.u.ho.n

9支(把、根……)

10本（じっぽん） / 10本（じゅっぽん）

ji.ppo.n　　ju.ppo.n

10支(把、根……)

20本（にじっぽん） / 20本（にじゅっぽん）

ni.ji.ppo.n　　ni.ju.ppo.n

20支(把、根……)

•杯裝、拉麵、飯

會話試一試

A コーヒーを2杯（にはい）、お願い（ねが）します。

ko.o.hi.i.o./ni.ha.i o.ne.ga.i.shi.ma.su

麻煩給我2杯咖啡。

B かしこまりました。

ka.shi.ko.ma.ri.ma.shi.ta

好的。

•相關單字•

杯裝飲料、飯碗單位「杯」

在路邊買到的杯裝飲料，以及餐廳提供的用玻璃杯或塑膠杯裝的飲料都使用這個單位。

要表達幾碗拉麵、幾碗飯，也使用者個單位。

10以上的數量只要注意個位數的念法就好了。

注意促音っ和はい、ばい、ぱい。

1杯（いっぱい）

i.ppa.i

1杯(碗)

2杯（にはい）

ni.ha.i

2杯(碗)

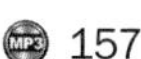
157

さんばい
3杯
sa.n.ba.i
3 杯(碗)

よんはい
4杯
yo.n.ha.i
4 杯(碗)

ごはい
5杯
go.ha.i
5 杯(碗)

ろっぱい
6杯
ro.ppa.i
6 杯(碗)

ななはい
7杯
na.na.ha.i
7 杯(碗)

はっぱい
8杯
ha.ppa.i
8 杯(碗)

きゅうはい
9杯
kyu.u.ha.i
9 杯(碗)

じっぱい　　　じゅっぱい
10杯　/　10杯
ji.ppa.i　　　ju.ppa.i
10 杯(碗)

じゅうにはい
12杯
ju.u.ni.ha.i
12 杯(碗)

全民學日語
67

第一次日本自由行

雅致風靡　典藏文化

親愛的顧客您好，感謝您購買這本書。即日起，填寫讀者回函卡寄回至本公司，我們每月將抽出一百名回函讀者，寄出精美禮物並享有生日當月購書優惠！想知道更多更即時的消息，歡迎加入"永續圖書粉絲團"

您也可以選擇傳真、掃描或用本公司準備的免郵回函寄回，謝謝。

傳真電話：（02）8647-3660　　電子信箱：yungjiuh@ms45.hinet.net

姓名：	性別：　□男　□女
出生日期：　年　月　日	電話：
學歷：	職業：
E-mail：	
地址：□□□	
從何處購買此書：	購買金額：　元
購買本書動機：□封面 □書名 □排版 □內容 □作者 □偶然衝動	
你對本書的意見： 內容：□滿意□尚可□待改進 封面：□滿意□尚可□待改進	 編輯：□滿意□尚可□待改進 定價：□滿意□尚可□待改進
其他建議：	

您可以使用以下方式將回函寄回。

您的回覆，是我們進步的最大動力，謝謝。

① 使用本公司準備的免郵回函寄回。

② 傳真電話：（02）8647-3660

③ 掃描圖檔寄到電子信箱：

yungjiuh@ms45.hinet.net

沿此線對折後寄回，謝謝。

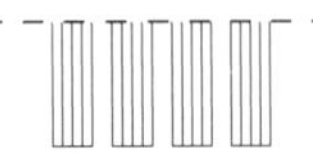

廣告回信
基隆郵局登記證
基隆廣字第056號

2 2 1 - 0 3

雅典文化事業有限公司　收

新北市汐止區大同路三段194號9樓之1

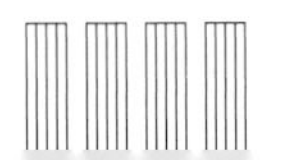